お飾りの花嫁は狼将軍に溺愛される

はなのみやこ

幻冬舎ルチル文庫

C O N T E N T S

✦目次✦

お飾りの花嫁は狼将軍に溺愛される

✦カバーデザイン＝コガモデザイン
✦ブックデザイン＝まるか工房

イラスト・高星麻子✦

お飾りの花嫁は狼将軍に溺愛される

1

遠くに、子供たちの高い声が聞こえる。薫人《ゆきひと》が日頃使っている言葉ではない、異国の言葉、プロレシア語だ。

最初はなかなか聞きとり辛《づら》かったが、元々勉強していたこともあり、二年もこの国に住めば自然と聞き取れるようになった。

母国語とは全く違うその言葉は響きもどこか格好が良く、会話が出来るようになった時にはひどく嬉《うれ》しかった。けれど、近頃の薫人は率先してプロレシア語を使おうとは思わなかった。

子供たちの声の中に、時折自分の名前が入っていることも気付いていた。そのうち、一人の子供が落ち葉を踏みながらこちらへ走ってくる。ザクザクというその音が大きくなるにつれ、薫人は息を潜《ひそ》めた。

どうか、気付かれませんように……！

小柄な身体《からだ》を膝を抱えてますます小さくし、子供が去るのを静かに待った。

「いないよー！」

子供たちの中でも身体の大きな、リーダー格の少年が他の子供たちに向かって叫ぶ。

他の子供たちのところへ戻っていく少年の足音を聞きながら、薫人はホッと息を吐きだした。

　薫人も、そして少年たちもみんな犬の獣人であるため、嗅覚にはひときわ優れている。そのため、かくれんぼという遊びはそれぞれの嗅覚の強さ、能力を発揮するにはうってつけの遊びだ。

　薫人は、生まれつき嗅覚が鋭《するど》かった。初めて会った獣人のにおいも一度で覚えることが出来たし、離れた場所にある物のにおいもすぐに判別することが出来た。

だから、最初子供たちにかくれんぼに誘われて鬼になった時、瞬く間に他の子供たちを見つけることが出来た。

　それが、彼らには面白くなかったのだろう。それ以来、一緒に遊ぶ時に薫人が探す側になれたことは一度もなかった。

　それどころか、薫人を見つけても気付かないフリをして、そのまま薫人を除《の》け者にして他の遊びを始めてしまうのだ。

　木陰に隠れていた薫人は、自分の頭の上にある耳にそっと触る。ピンと立った耳は、一見他の子供たちと変わらないが、黒髪に黒い瞳を持つ薫人に対して、他の子供たちの髪色は金や明るい茶色で、瞳の色も薄い。

　薫人が生まれた瑞穂《みずほ》の国の獣人は、ほとんどが黒い髪に黒い瞳を持っているため、最初とてもそれが不思議で、新鮮だった。けれど、他の子供たちにとってはそうではなかったようだ。

柴犬《しばいぬ》の獣人である薫人は、瑞穂の国においてはそこまで特別な存在ではなかった。

住んでいる国によって犬種の違いはあるものの、それでもイヌ科の獣人であることには変わりはない。プロレシアでもそこまで奇異な目では見られないだろう。そう思っていたのが、残念ながらそうはいかなかった。柴犬の獣人でありながら、薫人の外見が一般的な柴犬とは随分異なっていたからだ。

一般的な柴犬の獣人といった時にイメージするのは、父のような品の良い赤茶色の耳と尻尾を持つ獣人だ。父は元々毛並みが美しいこともあり、黒髪に、日に当たった時にきれいに映える赤茶色の耳は美しく見えた。対して、薫人だ。

薫人は柴犬の獣人ではあるものの、その色は胡麻《ごま》色で、元々の赤と白と黒がすべて混ざり合っている。生まれたばかりの柴犬の獣人には珍しいことではなく、成長と共にどちらかの色が強くなるはずなのだが、薫人は成長してもなお胡麻色の毛並みを持っていた。父と母は、色々な色を持つ薫人の毛色を褒めてくれたが、周囲の獣人たちはそうではなかった。

父と比較され、まるで味噌《みそ》かすように陰で言われることもあった。そのため薫人は、自分の胡麻色に対して劣等感を持っていた。

それでもプロレシアにくれば、柴犬の獣人もほとんどいないため、そういった思いをすることはなくなるのではないかと、そう密《ひそ》かに期待していたのだが。残念ながら、この国でも薫人の扱いはそう変わらなかった。特にそれが顕著だったのは、子供たちだ。

「え……？　変な色」

みんなで遊んできなさい。初めて参加したパーティーでそう言われ、子供たちだけになった空間で、最初に薫人にかけられたのは、そんな言葉だった。

「柴犬って赤や白じゃないの？　こんな色、見たことがないよ」

「本当に大使の子供なの？　貰《もら》われてきた子供じゃないの？」

子供というのはとても正直で、そして残酷だ。自分たちと違う存在を受け入れられないと、それを排除しようとする。表立っていじめられることはないものの、この二年間、嫌な思いを何度もした。

やっぱり嫌だ……こんな国。

思い出しただけで、薫人の瞳に、涙が溜《た》まる。

プロレシアという西の大きな国に、外交官である父に連れられてきたのは二年前のことだ。薫人の生まれた東の果てにある瑞穂の国は、海に囲まれた島国であったため、長い間他国との交流を断っていた。

そんな瑞穂の国が西の国々との交易を始めたのは、三十年ほど前、薫人がまだ生まれる前の話だ。未開発であった瑞穂の国は瞬く間に発展を遂げ、国内の状況もどんどん変わっていった、というのはその時期に子供だった父に聞いた話だ。

服装も、着物と言われる伝統衣装から洋装に少しずつ変わっていった。勿論《もちろん》、瑞穂の国ではまだ着物を着ている獣人が多いが、今薫人が着ているのもブラウスにベスト、パンツという、プロレシアの子供たちと変わらないものだ。

ただ、いくら服装を似せてもやはり姿かたちは似て異なっている。特に、背が高く身体の大きなプロレシアの獣人に比べると、瑞穂の国の獣人は小柄だ。瑞穂の国も発展を続けているとはいえ、都市も経済も西洋の国々に比べるとまだまだ発展途上だ。それがわかっているからだろう、大人たちからは直接口には出さずとも、瑞穂の国の獣人への偏見を感じた。

瑞穂の国は独立を保てたが、他の東にある国々はそうではなく、多くは西の国の植民地とされてしまったため、そういった差別的な瞳で見られることもあった。プロレシア語が話せること、そして身なりが良いことからそこまで酷《ひど》い扱いを受けたわけではないが、それでも居心地の悪さはずっと感じていた。

今日は、外交官である父が二年の赴任を終え、瑞穂の国へと帰国するため、プロレシアの獣人たちが送別のためのパーティーを主催してくれていた。実際父はこの国の獣人ともうまくやっていけたようで、パーティーにはプロレシアの高官や貴族たちがたくさん集まってくれている。

プロレシアの獣人たちに比べるといささか小柄ではあるが、彼らに囲まれても物怖《ものお》じすることなく堂々とした父の姿は薫人の目にもとても立派に見えた。プロレシアの国を愛し、瑞穂の国との懸け橋になることを望んだ父にしてみれば、この二年間はとても有意義なものだっただろう。

けれど、父にとってはそうであっても、薫人にとっては違った。最後までこの国に馴染《なじ》むことが出来なかった。八歳でこの国に来た頃は、そうではなかった。父から聞いていた、憧れの国に期待に胸を膨らませていた。だが、実際に暮らしてみれば異国の、全く違った文化や習慣の中で暮らすということは思っていた以上に大変なことだった。

特にここ数か月は、瑞穂の国に帰る日を指折り数えて待っていた。

風が吹き、森の木々がさわさわと揺れる。パーティー会場からはそれほど離れていないとはいえ、森の中はとても静かだった。子供たちも会場の方へ戻っていったのか、もう声も聞こえてこなかった。

そろそろ……戻った方がいいのかな。

私有地とは思えない広さではあるが、あくまで敷地内にある庭だ。そこまで距離は離れていない。それでも、時間が経《た》つにつれ少しずつ心細くなってくる。けれど、それでも立ち上がろうという気にもなれず、膝に顔をうずめる。どうせ戻ったところで、他の大人たちから子供たちと遊ぶように言われてしまうのだろう。大人だって皆が皆仲良くしているわけでもないのに、どうして子供は皆仲良くしなければいけないのだろう。

はやく、日が暮れてしまえばいいのに。

そんなことを思っていると、ふと隣に人影を感じた。

「……パーティーを抜け出してきたのか？」

聞こえてきたのは、低い、けれどとても柔らかな声だった。薫人の耳がピクリと動く。どうやら、相手は薫人のすぐ隣に座ったようだ。

いつの間に、隣に来ていたのだろうか。考え事をしていたとはいえ、薫人は鼻もよければ耳も良いはずなのだが、全く気付かなかった。

まだ目には涙が残っていたため、泣き顔を見られたくなくて、薫人は顔を上げずに頷《うなず》いた。

「俺も一緒だ。昔から、ああいった堅苦しい場はどうも苦手なんだ」

ゆっくりした、とても丁寧なプロレシア語だった。聞いていると、先ほどまでのささくれだった気持ちが少しずつ穏やかになっていく。屋敷に敷かれている暖かなじゅうたんのような、そんな柔らかい声色だった。

「俺の年齢でも大変なんだ、ずっと行儀よくしていたお前はすごいな」

パーティーの初めには式典もあったため、確かに長い時間薫人は行儀よく立っていなければならなかった。

ただ、これでも武士の子だ。躾《しつけ》に関しては幼い頃から厳しく言われていたため、それほど苦にはならなかった。

「悪い、俺の言っていること……プロレシア語はわかるか？」

薫人が黙り込んでいるため、男も心配になったのだろう。

「わかります」

決して大きな声ではなかったが、はっきりと答える。

「なんだ、喋《しゃべ》れるじゃないか」

「喋り方が、発音がおかしいと言われたので……」

最初の頃は、少しでも馴染もうと薫人は積極的に他の子供たちにも話しかけた。けれど、薫人が喋るたびにニヤニヤされ、こそこそと何かを耳打ちされた。だから、いつの間にか薫人も家族や使用人以外の前では最低限の言葉しか喋らなくなってしまった。

「確かに少し癖はあるようだが、おかしくなんてないぞ。そもそも、お前の国の言葉と俺たちの国の言葉は全く違うんだ。ミキに話しかけるために学ぼうと思ったが、挨拶すら発音が難しかった」

三木《みき》、というのは薫人の父親の名前だ。

「聞けば発音も文法も、何もかもが違うそうじゃないか。努力したんだろう？　すごいなお前は」

褒めて、もらえた……。

男の言葉に、薫人は自分の心が温かくなるような、火を灯《とも》されたような気分になった。

少しでもこの国に馴染もうと、薫人なりに一生懸命だったが、それを褒めてもらえたことは一度もなかった。

「言葉もそうだが、文化だって違いがあるだろうに、先ほどもミキの隣できちんと振舞っていた。さすが、侍の国の子供だな」

侍の国、それは薫人が生まれた瑞穂の国を表す言葉だった。一度も他国からの侵略を受けたことがない、誇り高き侍の国。

『貴方《あなた》は侍の子、誇り高く生きなさい』

母の声が、聞こえた気がした。亡くなってしまった母は身体が弱く、幼かった薫人はぼんやりとしかその記憶はない。

けれど、母の優しく、強い言葉だけはよく覚えていた。だから、常にたゆまない努力をし、母の名に恥じないように生きてきたつもりだったが、そんな薫人の生き方は、この国では通用しなかった。

だけど、そんな薫人の頑張りに、気付いてくれた人がいた。

「あ、ありが……」

礼を言おうと、慌てて顔を上げる。けれど、そこ薫人の瞳は大きく見開かれた。

「……ランバート・フォン・シュタインメッツ様……？」

まばゆいほどの金色の髪に、空色の瞳。頭には、三角の形の良い耳がついている。

顔立ちは彫りが深く、彫刻のように端正だ。服の上からでも逞《たくま》しく鍛えられた身体は大き

く、立てた膝からその足の長さがわかる。

「なんだ、俺の名を知っていたのか？」

「もちろんです、貴方の名前を知らない者は、この国にはいないと思います」

口にしながら、薫人の心は高揚していく。

ランバート・フォン・シュタインメッツ。プロレシア王国の高位貴族であるシュタインメッツ家の嫡男で、数年前には海の向こうの大国との戦争で武功をあげている。最年少で騎士団長の地位に就いたこの国の英雄だ。

小型犬の獣人である薫人とは違い、ランバートは狼《おおかみ》の獣人だ。

この世界にいるのは犬の獣人がほとんどだが、国によっては稀《まれ》に狼の獣人が存在する。神の末裔《まつえい》とされている狼の獣人は頭もよければ力も強く、周囲の獣人たちからは敬愛の念を持たれている。

高鳴る胸を押さえながら、薫人はじっとランバートを見つめる。

パレードや式典で遠目に見たことはあったが、こんなに近くでランバートを見るのは初めてだった。

ほ、本物だ……。

神の末裔、と言われるだけのことはあり、ランバートからはその場を照らし出すような、そんな強い力を感じた。

薫人は緊張しながらも畏《かしこ》まり、ランバートを真っすぐに見つめる。

「ランバート様、お会いできてとても光栄です」

ランバートは、僅《わず》かに首を傾《かし》げたものの、薫人の方を柔らかな眼差《まなざ》しで見つめてくれている。

「そんなに畏まらなくていい。それより、せっかくだからお前の国について少し教えてくれないか？　ミキから聞ければよかったんだが、お前の父上は人気が高くて、なかなか話をする機会が持てなかったんだ」

ランバートが本当に瑞穂の国に興味があるのか、それとも薫人に気を使ってくれたのかはわからない。ただ、せっかくだからと薫人は自分の国について丁寧にランバートに説明をする。

本当は、他の子供たちに聞かれた時に答えようと一生懸命に調べていたのだが、この二年間で聞かれたことはほとんどなかった。一度だけ話そうとしたが、すぐにつまらなそうに話を変えられてしまった。

四方を海に囲まれた島国であること、住んでいるのは小型の犬種だけではなく、大型犬の犬種や中型の犬種もいること。数千年もの間、同じ王朝が続いていることを話すとランバートはとても驚いていた。

「それから……四季の変化がとてもはっきりしていて、六月にはたくさんの雨が降ります」

「雨？　それは……やっかいだな」

元々空気が乾燥しているプロレシアだが、六月は雨が少なく、草木が花開くとても良い季節だ。

「そんなことはないんです。雨は、たくさんの水を大地に与えてくれますし、それに、長い梅雨が明けると、瑞穂の国にはとても美しい季節がやってくるんです」

自分の国を懐しく思いながら、薫人が言う。雨は、決して悪いものではない。それは、プロレシアは雨が少なく、水が希少なものだったためよくわかった。

「そうか……いつか、お前の国にも行ってみたいな」

微笑《ほほえ》んで、ランバートが言った。優しい笑みが、薫人の心を穏やかな気持ちにしてくれる。

そうだ、お礼、言わないと。

ランバートに出会えたことに浮足立ってしまっていたが、肝心の話が、お礼が出来ていないことに薫人は気付く。

「あ、あの……」

けれど、薫人がその口を開いた時だった。

遠くで微《かす》かに声が聞こえ、目の前のランバートの耳がピクリと動いた。

「悪い、呼ばれているようだな」

急ぎの用があるのかもしれない。ランバートが立ち上がったため、薫人もそれを追いかけるように立ち上がる。ああ、タイミングが悪かった。もっと早く、話しておけばよかった。

そのまま会場へと戻ろうとしたランバートだが、ふと薫人を見つめなおしてくれた。

「……そんな顔をするな」

「え？」

困ったような笑みを浮かべて、ランバートが薫人を見つめる。

「お前は、笑っていた方がいい。きれいな色の耳が、垂れ下がってしまっているぞ」

笑ってそう言うと、ランバートがその大きな手で、薫人の耳へと優しく触れた。

獣人の世界では、容姿を褒められることと同じくらい、耳を褒められることは嬉しいことだ。

こんな色は見たことがない、変な色だと他の子供たちからは引っ張られたこともあったため、ランバートの言葉に胸が高鳴った。

薫人の頬には、どんどん熱が溜まっていく。

ランバートはもう一度薫人に対して微笑むと踵《きびす》を返し、パーティー会場の方へと歩き始めた。

「ラ、ランバート様！」

勇気を振り絞って、もう一度その名を呼ぶ。そして、振り返ったランバートに、向かって、
薫人は懸命に呼びかけた。

「僕、また必ずこの国に戻ってきます。父上と同じように、外交官として。だから、その時は……」

また、話をさせてもらえないかと。そう言いたいのだが、すぐに言葉が出てこない。

ランバートも少しは待ってはくれていたのだが、呼ばれているのも気になるのだろう。

「ああ、楽しみにしている」

薫人に微笑みかけると、はっきりとランバートはそう言った。

あ……。

行ってしまう、憧れの方が。もう一度引き留めようかと思ったが、ランバートはそのまま振り返ることなくパーティー会場へと戻っていってしまった。

結局、肝心なことを話せなかったな……。

小さくため息をつく。もしこの国でランバートに会えたらと、幼い頃からの思いがようやくかなえられたというのに。

でも、会えて良かった。

薫人が思い描いた通り、いやそれ以上にランバートは立派な獣人で、とても格好が良かった。

先ほど、ランバートに触れられた耳をこっそりと触る。

あの優しい指の感触を思い出し、こそばゆいような、恥ずかしいような、とにかく幸せな気持ちになった。

それに、なんだろう。すごく、良いにおいがした……。

ランバートのそばにいるだけで、これまで嗅いだことのないような、とても良いにおいがした。

パーティー会場へ戻ればランバートはいるだろう。けれど、彼は国の英雄で、とても人気がある。子供の自分が、おいそれと話をすることなど出来ないだろう。

大人になったら、またこの国に来よう。そして、今度こそランバート様にお話をするんだ。

薫人は心に誓うと、ゆっくりとその瞳を閉じた。

2

——八年後。

まだ日が昇り切っていない時間帯、目覚めた薫人は起き上がり、慌てて机の上にある置時計へと目を向ける。

よかった、まだ五時前だ。

ホッとため息をつくと、布団の周りに散らばった書物を見つめ、苦笑いを浮かべる。

昨晩はこの家の主が一家総出で夜会へと出かけたため、早い時間から自分の部屋に戻ることが出来た。

まとまった時間がとれることは滅多にないため、つい書物を読みふけってしまったのだ。

眠りについたのは日付が変わってからだ。

薫人は散らばった書物を丁寧に拾い集めると部屋の片隅にある本棚へ順番に並べていく。

もう何度も読み返しているため、だいぶ紙は傷んでしまっているが、読めないというほどでもない。

あまり高級とは言えない木でできた棚だが、そこにはたくさんの本が所せましと詰め込まれていた。

浴衣《ゆかた》を脱ぎ、普段使いの着物へと着替える。肌触りがよいとは言えない、ザラザラとした地味な色の着物だが、床を拭いたり、動き回ることを考えれば、ちょうどよかった。

そもそも、薫人が持っている着物は浴衣以外には二枚しかないのだ。それ以外の、亡くなった母が薫人のために誂《あつら》えていた着物も、全て奪われてしまった。

風が吹き、立て付けの悪い障子がカタカタと音を立てる。

古ぼけた鏡に向かい、肩より長い髪を一つにまとめ、高い位置で結ぶ。

そして、箪笥《たんす》の上に置かれた父と母の写真に手を合わせる。

ちょうど、結婚した当時の写真なのだろう。写真の中の父も母も若々しく、とても幸せそうに見えた。

「父上、母上、行ってまいります」

そう言って笑いかけると、薫人は自分が寝ていた布団をあげ、音を立てないように障子を開け、廊下へと足を踏み出した。


まだ火の入っていない、冬の台所は寒い。

特にこの屋敷は建ててから百年近くが経っており、父も改修の話を何度かしていた。母屋である本宅の方は暖炉もあれば日当たりもよいのだが、離れの方はちょうど陰になってしまい、ほとんど光が入らないからだ。

外から持ってきた薪《まき》をゆっくりと中へ入れ、火をくべる。頼りない灯《あか》りの中、寒々とした空間が、パチパチと音を立てた竈《かまど》の火により少しずつ明るくなっていく。

火の加減を見ながら、先ほど庭で汲《く》んできた井戸水をこぼさないよう薬缶《やかん》の中へと入れる。

「薫人様……！」

台所の扉を開けた女性が、薫人の存在に気付き、驚いたような声を上げる。

「あ、おはよう。千代《ちよ》さん」

薫人が笑いかければ、千代はその顔を大きくゆがめた。

今年五十になる千代は、薫人が生まれる前からのこの屋敷に仕えている。

外交官である父が外国へ赴任している間も、この家を守ってくれていた。

「かわります、薫人様」

「え、でも」

「薫人様の仕事ではございませんよ、こんなこと」

少しだけ皺《しわ》の多い千代の眉間に、大きく縦皺がよる。まるで、こんなに不愉快なことはないというような、そんな顔だ。

「旦那様が生きてさえおいでになれば、こんなことには……」

そして、とても悔しそうに、苦しそうに言った。千代がこれを言うのは、初めてのことではない。むしろ、薫人と二人きりになると、必ずといっていいほど言っている。

「仕方ないよ」

「ですが……！」

「何が、ですが、なんですか？」

突然聞こえてきた第三者の声に、薫人と千代はぎくりと身体を強張《こわば》らせる。

「お、おはようございます。和枝《かずえ》さん……」

愛想笑いを浮かべて薫人が言えば、ぎろりと強い視線で睨《にら》まれる。頭の上にある半立ちの耳はどこかピリピリして見えた。

使用人頭の和枝は三十になったばかりだが、テキパキと指示を送ることからこの家の女主人から気に入られていた。

「薫人さん、そこで何をしていらっしゃるの？」

「え……？」

「貴方の朝の仕事は、庭掃除だったはずですが」

確かに、薫人は朝の庭の掃除の仕事は言いつけられている。

けれど、時刻はまだ六時を過ぎたばかりで、火が入ったこの部屋は暖まってきたものの、まだ外の気温は低い。

「な……！」

信じられない、とばかりに千代は耳を逆立て、着物から覗《のぞ》く尻尾がピンと下に下がる。

怒っている、ということはその姿を見ればわかった。

「わ、わかりました。僕は、庭の掃除に行ってきます」

これ以上ここにいると千代は和枝に物申してしまうだろうし、そうなると立場を悪くするのは千代だ。

仕方なく薫人は、台所を出ることにした。

予想していた通り、外の気温はまだ寒く、凍えそうになる。十二月に入ったばかりだというのに、まるで雪でも降りそうな、そんな寒さだった。

空は鈍色《にび》で、まだ太陽すら昇りきっていない。

薫人の始祖である柴犬は、寒さに強いといわれている。けれど、それは温かい毛で覆われているからであり、肌に毛のない薫人にとっては、やはり寒さは厳しく感じた。

かじかんだ手を合わせれば、乾いた空気の中、ガサガサという感触がした。

水仕事がこんなにも手を傷めるものだということを、薫人は知らなかった。

「薫人様」

「千代さん」

振り返ると、台所から出てきたらしい千代が、小走りで薫人のところにやってくる。

「こちらを、お着けください。粗末なもので申し訳ありませんが、このままでは風邪をひいてしまいます」

千代が編んだのだろう。赤色のショールを、首回りへとかけられる。

「ありがとう、千代さん……」

着物の衿《えり》から入ってきた風が、ショールによって塞がれた。首回りの暖かさを感じながらそう言えば、千代はその顔を歪《ゆが》めて言った。

「申し訳ございません、千代に力がなく……」

和枝が来るまでは、この屋敷の使用人頭は千代だった。確かに、千代ならば絶対に薫人にこんなことはさせないだろう。

「大丈夫だよ、いつも千代さんには助けてもらってる。ありがとう」

笑顔でそう言った薫人に対し、千代は泣きそうな顔をして頭を下げた。

薫人の父が流行《はや》り病で亡くなったのは、今から三年前のことだ。

元来、丈夫な体質だった父ではあるが、国の要職に就き、たくさん仕事を抱えていたこともあるのだろう。一年ほど患った後、次の桜の花を見ることなく、この世を去ってしまった。

中等教育学校の卒業式で、答辞を読む姿を父に見せたいと思っていた薫人の願いは、かなわなかった。

父の死後、屋敷の権利と財産は、全て父の弟である叔父《おじ》の手に渡ってしまった。

自身の家族とその使用人を引きつれ横浜から出てきた叔父はその日のうちに屋敷の本邸に自分の部屋を構え、そして薫人の部屋は使用人たちが暮らす離れへ移された。

この屋敷は俺のもので、後を継ぐのも俺の息子だ。穀《ごく》潰しであるお前は住まわせてもらってるだけありがたく思え。

元々父の実家は横浜の豪商だったという話だが、長男である父が外交官を目指して上京してしまったため、後を継いだのは叔父だった。

けれど、叔父には商《あきない》の才覚がなかったのだろう。既に実家は傾いていたらしく、父の逝去を聞き、これ幸いと上京をしたようだ。

叔父は書物には興味のない人間だったため、父の残した本は全て薫人が貰い受けることが出来たが、それ以外のものは全て叔父に没収されてしまった。

朝日の当たる部屋も、父がプロレシアから買い付けてきた寝台も、今は叔父のものになってしまっている。

仕方のないことだとわかってはいても、薫人は人知れず、小さなため息をついた。

和洋折衷の屋敷は広く、それこそもたもたしていたら庭の掃除だけで午前の時間が終わってしまう。

早めに終わらせなければ、朝食を食べることが出来ない。

台所当番が千代や、元々この屋敷で働いていた使用人であれば、薫人の分の朝食をこっそり残していてくれるのだが、今日は和枝であるためおそらくそれはないだろう。

色の落ちた枯葉をはきながら門の外を見つめれば、ちょうど登校途中の高等学校の生徒たちの姿が目に入った。

耳を覆う濃紺の学帽に、同じ色の学ラン。難関と言われるその学校は、薫人も必死に勉強をし、見事合格した国内でも随一の学力を誇る学校だった。

けれど、薫人は高等学校へ通うことは許されなかった。

開国後、瑞穂の国は他の先進国にならうように学制を整え、高等学校をはじめとする上級学校を作った。

けれど、そこに通えるのはほんの一握り……一割か、二割ほどの獣人にすぎなかった。

いつか、たくさんの子供たちが上の学校に通えるような国にしたい、そんな風に父は言っていた。

父と同じ外交官になる夢は、生前の父にも話していた。喜んだ父は、薫人のために高等学校と大学の費用は全て用意してくれていた。もっとも、それらは全て今は叔父の手に渡ってしまっているのだが。

肩で風を切りながら、何かを一生懸命に語る生徒たちの姿が、薫人にはとても眩《まぶ》しく見えた。

父上が生きていたら、僕もあんな風に学校に通っていたのかな……。

きれいにアイロンをかけられた制服姿の彼らと、あちこちほつれた着物姿の自分を比べ、さすがにみじめになった薫人は俯《うつむ》いた。

……泣くな。

心の中で自身へ呼びかける。自分の身の不遇を嘆き悲しんだところで、現状が変わるわけではない。

ただ、ずっとこのまま、屋敷の使用人として暮らす道しか自分には残されていないのだろうか。

高等師範学校なら、学力さえついていれば無料で通えるという話を聞いたことがある。士官学校だって、学費はかからないはずだ。だが、叔父は許してくれるだろうか。考えただけで、陰鬱な気分になる。

「薫人さん？　薫人さん!?」

自分の名を呼ぶ声が、微かに聞こえる。

「は、はい！」

屋敷の壁に竹箒《たけぼうき》をもたせかけると、薫人は呼ばれた方に小走りで向かっていった。

その日、薫人がいつも通りに外の掃除を行っていると、険しい表情の叔母が庭へと出てきた。

先日デパートの外商から買いつけたのだと和枝に自慢気に話していたおろしたての着物姿で、髪もきれいに結い上げている。

「お、おはようございます……」

「薫人さん、今日は貴方は仕事をしなくていいわ」

「え……？」

「いつもお家のために頑張って下すっているでしょう。たまには、お休みもあげなきゃって思ってたのよ」

神経質そうな細面の顔に、常に眦《まなじり》を吊《つ》り上げている叔母が、猫撫《ねこな》で声でそう言った。

「で、ですが……」

大丈夫だろうか。後で仕事をしていないと、こっぴどく叱られたりしないだろうか。

秋の空のように気分の浮き沈みが激しい叔母の言うことを鵜呑《うの》みにして、これまで何度もそういった目にあってきたため、思わず構えてしまう。

「いいから！　早く自分の部屋に帰りなさいって言っているの！　食事は運ばせるから、今日は一歩も部屋から、離れから出るんじゃありませんよ！」

先ほどの笑顔とは一変し、いつも通りに叔母の眦が吊り上がる。

「はっ、はい……！」

剣幕に驚いた薫人は、すぐに使っていた掃除具を手に持つと、速足で叔母のそばから離れた。

自分の部屋から出なくていい。叔母がどうしてそんなことを言い出したのかはわからないが、一人の時間が持てるということは薫人にとって幸いなことだった。

小さな座卓に向かい、薫人は積み上げられた書物をゆっくりと読む。

虫の知らせだったのか、それともはやる気持ちを抑えられなかったのか、父が生前に購入した本は、薫人が高校で使うはずの教科書だった。

本来であれば、長い時間をかけ、専門の教師に教えを請う内容だ。自己流では限界があることは薫人もわかっていたが、それでも、出来るだけのことはしたかった。

プロレシア語についても、あれからずっと学び続けている。国に帰ってから、特に父が死んでからは使う機会は全くなくなってしまったが、書物を見つめながら、発していた言葉を思い出す。

他国との交流は日々進んでいるが、瑞穂の国の人間で外国語が出来る人間は少ないそうだ。食事の配膳を手伝っている横で、叔父が頻繁にそれについては愚痴を零《こぼ》していた。

貿易をする上で、通訳を介さなければならないのがとても面倒なのだと。

そういったことを考えても、このままプロレシア語を学び続ければ、どこかで役に立つかもしれないと、そんな思いもあった。

また、プロレシア語を学んでいると、あちらでの日々を思い出すことも出来た。

勿論、良い思い出ばかりではなかったが、あの異国での生活は、薫人にとってとても刺激的で、かけがえのない経験だった。

……もう、あの方にはお会いすることはないと思うけど。

最後に自分に対して笑顔を向けてくれた、ランバートの姿を思い出す。

元々、種族も違えば国も立場も何もかもが違う、そんな自分がランバートに会い、会話まですることが出来たのは奇跡に近かったのだ。

あれから八年もの時間が経ってしまっているのだ。ランバートだって、とうに自分のことなど忘れてしまっているだろう。

やめよう考えるのは。落ち込むだけだ。

とにかく今は、この家を出る機会を窺《うかが》って、その時のためにも様々なことを学ばなければ。

そう思った薫人は、気を取り直して教科書のページを捲《めく》った。


バタバタという足音が、廊下から聞こえてくる。叔母は耳が良いため、こういった音がとても気になるらしく、離れにいる使用人たちにも日頃から歩き方に気を付けるように言っていた。

ちょうど昼食を食べ終え、新しい本でも読もうと本棚の前に立っていた薫人は、外の声がとてもよく聞こえた。

「そ、そちらは使用人たちが使っている部屋です。ここには薫人は……」

「母屋にいないというのなら、こちらを探すしかないだろう？」

頭の上の耳がぴくぴくと動き、激しく言い合っている声を聞き取る。一人は叔父のようだが、もう一人は誰だろう。どこかで、聞いたことのある声なのだが。

足音と声はどんどん大きくなり、薫人の部屋の方へと近づく。

そして数分後、薫人の部屋の障子が勢いよく開けられた。

「……薫人君！　やはり、いるじゃないか！」

厳しい表情をした洋装の男性には、見覚えがあった。

「葛城《かつらぎ》さん……？」

立派な髭《ひげ》をたくわえた、瑞穂の国の獣人にしては大柄な身体を持った男性には、見覚えがあった。

父と同じ外交官で、さらに父の後にプロレシアに派遣された葛城俊衛《しゅんえい》だった。

「久しぶりだな薫人君。……どういうことか、説明して頂けるかな？　三木殿」

般若《はんにゃ》のように顔を歪めた葛城が冴え冴《さ ざ》えとした声を叔父へと向ける。見るからに身体を小さくし、頭を低くしていた叔父が、薫人をこっそりと睨みつけた。

＊＊＊

久しぶりに足を踏み入れた本邸の応接間で、薫人は叔父と叔母、そして葛城と共に椅子へと座り、向き合っていた。

話を聞けば、葛城はプロレシアから帰国後は中央官庁勤務となり、現在は外務次官を務めているということだった。

侯爵家の嫡男で、さらに外務大臣に次ぐ職に就く葛城がどうして自分を訪ねてきたのか薫人にはわからなかったが、一通り自分の立場を説明した葛城は、薫人を見つめ、真剣な表情で問うてきた。

「薫人君、三木殿から聞いたんだが、君は勉強が不得意で、高等学校への進学を拒んだというのは本当かい？」

「え……？」

思わず、叔父を見る。高校に行かせてほしいと何度も頼み、最後は膝をついて頭を下げた薫人を冷たくあしらったのは叔父だ。

薫人の口から行きたくないなどと言ったことは、一度もなかった。

「い、いえ。私は……」

「薫人、自分には難しいことはわからないから、高等学校には行かなくてもいいといったのはお前だよな？」

薫人の言葉を遮るように、叔父が口をはさんでくる。怒声を含んだその声は、本当のことを話したらただではおかない、とそう言っているようだった。

「そうなのか?」

本当は、そんなことはない。自分は学校へ行きたかったと訴えたかった。けれど、もし本当のことを話せば叔父にあとでどんな目にあわされるかわからない。

「……勉強は、自分一人でも出来ますので」

悔しさを感じながらも、進学を拒否したことだけは叔父の話に合わせる。けれど、学ぶことを拒んだという部分はどうしても肯定出来なかった。

学校に行きたい。独学で学ぶことは楽しくもあったが、そう思わなかった日はなかった。

葛城は静かに薫人を見つめ、ゆっくりと瞳を一度閉じた。

「わかった。とりあえず、進学に関しては一旦置いておく。今回、薫人君に会いに来たのは他でもない、とある方が、薫人君との婚姻を望んでいるからなんだ」

「……婚姻、ですか?」

「ゆ、薫人には務まりません! 見ての通り、無学で向上心もありませんし」

葛城の言葉を、大きな声で叔父が遮る。

「少し黙っていただけないか。私は薫人君に話しているのであって、貴方の意見は聞いていない」

叔父が言葉に詰まり、口惜しそうに謝罪の言葉を呟《つぶや》く。金や権力といったものに何より弱い叔父は、政府高官で華族でもある葛城にはとても逆らえないのだろう。

「婚姻、と言いましても。私には家督が……」

薫人の家は遡《さかのぼ》れば先祖は旗本で、今も階級的には士族ではある。しかしながら、父の死後、家督は叔父に引き継がれてしまっていたし、おそらく叔父は薫人ではなく、自身の息子にそれを譲るはずだ。

父と葛城は懇意にしていたし、そのよしみで薫人に紹介をしてくれているのだろうから、相手はそれなりの家柄の令嬢のはずだ。

家督もなければ金銭的にも決して恵まれていない、この状況を知れば、女性の方から辞退されてしまうだろう。

「その点は心配しなくていい、婚姻といっても薫人君に誰かが嫁いでくるわけじゃないんだ。嫁ぐのは、薫人君の方だ」

「……え？」

思わず、呆《ほう》けたような声が出てしまった。

同性同士の婚姻は、特段に珍しいことではない。

町を歩けば、同性同士で仲良く連れ立って歩いているつがいはあちらこちらにいるし、後ろ指を指されることもない。つがいに必要なのは何よりも相性であるとされているため、それが異性同士であろうと同性同士であろうと、問題にはならないからだ。

ただ、華族や士族の嫡男の場合、少しばかり事情が違ってくる。どうしても跡取りが必要になってしまうため、避けられる傾向にあるからだ。

薫人は長子であったため、自分が嫁ぐという発想をしたことは一度もなかった。

「ど、どなたにでしょうか？」

相手の名前を問えば、再び叔父が歯をむき出しにして何かを言いかけたが、葛城に一瞥《いちべつ》されたことでぐっと黙った。

「プロレシア王国、ランバート・フォン・シュタインメッツ殿を覚えているか？」

葛城の口から出た言葉に、薫人の瞳が大きく見開く。

「は、はい……勿論です。プロレシアの、英雄と呼ばれている方ですよね」

自分でも驚くほど、発した声には動揺が含まれていた。

この八年間、ランバートの名を忘れたことなど一度もない。常に薫人の胸の片隅に存在し、心の拠《よ》り所になっていたのはランバートだったからだ。

「現在、プロレシア王国と我が瑞穂の国の関係は強くなっており、将来的には二国間で同盟を結ぶという話もある。両国の信頼関係をより強くするためにも、瑞穂の国から伴侶を迎え入れたいとランバート殿が自ら仰《おっしゃ》ってくれた。そして、その白羽の矢が立ったのが君なんだ」

薫人の丸い瞳が、ますます大きくなる。つまりは、国同士の結びつきを強くするためのものの、政略結婚ということなのだろうが、まさか自分が選ばれるとは思いもよらなかった。

「ランバート殿は確か嫡男ですよね。私は男で、子も産めませんが……」

「ああ、その点は勿論確認してある。特に問題もないそうだ。ただ、もしこの婚姻が結ばれた場合、君はプロレシアに行かなければならない。この国を離れることに、抵抗はあるか？」

瑞穂の国を離れ、プロレシアに。薫人の頭に、プロレシアでの日々が過《よぎ》る。高く美しい山々、寒さの厳しい冬。暖かい家の中。おとぎ話のような異国の街並み。

辛いことや悲しいこともあったはずなに、不思議と思い出すのはきれいな思い出ばかりだ。

「葛城様、やはり薫人には無理です。高等教育すら受けていないのです、とてもそんな、プロレシアの英雄と呼ばれる方の伴侶が務まるとは……」

「薫人君」

再び口を開いた叔父にうんざりしながらも、葛城が薫人の名を呼ぶ。

『君の叔父はああ言っているが、君の気持ちはどうなんだ？　この国の役人として言わせてもらえば、君にプロレシアとの懸け橋になってもらえればとても助かる。ただ、君の父親とは知らぬ仲ではない。忘れ形見である君には出来れば幸せになってもらいたい。だから、単刀直入に聞かせてもらう。君は、ランバート殿に嫁ぐ気はあるか？』

流暢《りゅうちょう》なプロレシア語で、葛城は薫人へと話しかけた。叔父に内容がわからないように、という配慮もあるだろうが、これくらいの会話が出来なければプロレシアで生活出来ないとも思われたのだろう。

薫人の答えは決まっていた。

このまま叔父の元にいれば、使用人として働き続けるという日々が待っているだろうが、身の危険を感じることもなく、ある意味で生活は保障される。

プロレシアに行けば、ここことは百八十度違う生活が待っている。恐らく、大変な思いだってするだろう。けれど、薫人の心は決まっていた。

『プロレシアと瑞穂の国の懸け橋になるというのが父の夢でした。そんな父の夢を叶《かな》えられること、何より尊敬するランバート様のもとに嫁げるということは、身に余るほどに光栄な話です』

久しぶりに話す、プロレシア語だった。意味がわからなかったのだろう、ポカンと叔父は口を開け、葛城も少なからず驚いている。

「喜んで、お受けいたします」

はっきりと、丁寧にそう言えば、部屋の中がシンと静まり返った。

「わかった。プロレシア政府には、我が国の政府からそう返答しよう」

葛城が、穏やかな表情で薫人に対して言った。

「はい、ありがとうございます。どうぞ、よろしくお願いいたします」

薫人が頭を下げれば、葛城は小さく微笑み、次に叔父に視線を向けた。

「三木殿」

「は、はいっ」

びくりと、叔父が肩を震わせる。

「薫人君は我が国を代表して、プロレシアに嫁がれるという責務を背負うことになった。薫人君にはあちらでの生活の経験があるとはいえ、作法やマナーの講師に明日からこの家に来てもらうことにする。……異論はありませんな？」

今の薫人の状況を、葛城もなんとなく察しているのだろう。厳しい声色でそう問えば、叔父はますます小さくなり、

「は、はい。勿論です」

と、すぐさま返事をした。

「薫人君」

「あ、はい」

「君のプロレシア語は素晴らしいな。私より上手いくらいだ」

「いえ……そんな……」

いつかまた、プロレシアの地を踏むことを夢見て、努力し続けていたのだ。葛城の言葉に、胸が熱くなる。

「恐らくあちらに向かうのは数か月後だろうが、明日から忙しくなると思う。詳細な説明に関しては、また他の人間を遣わす」

「はい、ありがとうございます」

薫人が頷いたのを確認すると、葛城はそのまま立ち上がった。

「あ、お見送りを致します」

そのまま部屋を出て玄関へ向かう葛城を、慌てて叔父が追いかけていく。

二人がいなくなった応接間で、薫人はこっそりとため息をつく。まだ、自分の身に何が起こったのか、理解することが出来ない。

「……いい気にならないことね」

聞こえてきた底冷えのするほどつめたい声に、ハッとして薫人は顔を上げる。

「こんなもの、ただの政略結婚です。貴方がこの国の人間で、偶々《たまたま》プロレシアの言葉がわかったから選ばれただけ」

身の程をわきまえなさい。

捨て台詞《ぜりふ》のように叔母はそう言って、鋭い瞳で薫人を睨みつけていった。

政略、結婚……。

叔母の言葉が、ずきりと薫人の胸に刺さる。

確かに、葛城の説明ではプロレシア側、ランバートが求めているのは瑞穂の国の人間で、プロレシア語が堪能《たんのう》な年ごろの人間ということだった。

たまたま薫人がその条件に当てはまっただけで、薫人自身が求められたわけではない。ただ、それでも。

あの方に、もう一度会えるなら、かまわない。

薫人は自身の胸に手を当て、こっそりと微笑んだ。

＊＊＊

薫人のプロレシアに行くまでの日々は、瞬く間に過ぎていった。

さすがに離れで生活させるのは体裁が悪いと思ったのだろう、叔父によって薫人の部屋は本邸に移され、食事も叔父たちと同じものを食べられるようになった。

そして話の翌日から、葛城は約束通り薫人のために幾人もの教師を派遣してくれた。

相手はプロレシア王家にも連なる名家であり、大貴族でもあるのだ。

マナーレッスンはもちろん、プロレシアの歴史にダンスに語学と、シュタインメッツ家に輿《こし》入れするにあたり、つけるべき素養はたくさんあった。

その中でも最も困ったのは、ダンスだ。元々薫人は幼い頃から嗜《たしな》みとして舞踊や能楽は習っていたものの、西洋のダンスというものにはどうも慣れなかった。

基本的には男女で踊るもので、男性同士で踊ることはない、と一応の説明は受け、密かにホッとしてしまった。

決して不安がないわけではない。薫人がプロレシアで過ごしていた時から既に八年も経っているのだ。しかも、あの時には父が一緒だったが今回は自分だけなのだ。

ランバートが立派な獣人であることは知っているが、そんなランバートがどうして自分を伴侶として迎えようと思ったのかもわからない。

「過度な期待はやめておきなさいよ」

教わった方法で豆を挽《ひ》き、コーヒーを飲んでいると、通りがかった叔母が口を出してきた。

「この結婚はあくまで国同士の取り決めなんです。ランバート殿だって、仕方なく名前を知っている貴方を選んだのでしょう。自分が特別だなんて思わないことよ」

「……はい」

ふわふわしていた気持ちが、叔母の言葉で一気に沈み込む。柔らかい春の日差しを楽しんでいたら、村雨《むらさめ》を浴びせられたような気分だ。

そんなことは薫人だってわかっている。

ランバートだって、国家間の繋《つな》がりから仕方なく自分を娶《めと》るのだ、とんでもない外れくじを引いたと思われているかもしれない。

……考えたって、仕方がない。

頭の上の耳を精一杯ピンと尖《とが》らし、気持ちを切り替える。

あの方とお会い出来、そのうえ共に暮らすことだって出来るのだ。学べることだって、とても多いはずだ。それだけで、十分幸せではないか。

薫人は舌に苦味の残るコーヒーを飲み干すと、葛城に渡された本を手に取った。

東の果てに位置する瑞穂の国から西にあるプロレシア王国までは、船で一か月ほどの時間がかかる。

十年前、初めてプロレシアに向かった際に乗った船の大きさにも驚いたが、今回はそれよりさらに一回りほど大きな帆船だった。

そんな巨大な船にも拘らず客室は少なく、薫人に与えられた一等客室など十室しか用意されていない。

また、元々船がプロレシアのものだということもあるのだろう。乗客である獣人も、瑞穂の国の獣人よりも異国獣人の方が多かった。

最近は洋装姿の獣人も増えてきたとはいえ、それでもまだ大半の者は着物を着ている。けれど、船に乗っている獣人たちの服装は男性がフロックコート、女性はドレス姿だった。

十年前は、それこそ発展途上にある瑞穂の国の獣人への偏見が強く、獣人によっては食事の時間をわざわざずらす者すらいた。言葉や文化、習慣の何もかもが違うため、異質な存在として映ったのだろう。罵詈雑言《ばりぞうごん》を投げつけられるようなことこそなかったが、それでもコソコソと、陰口を叩《たた》かれることは珍しくなかった。

十年でそういった状況は随分変わっていた。以前より瑞穂の国が豊かになり、国際的地位が高まったこともあるだろう。

「長い船旅になると思う。退屈に思うかもしれないが、どうか耐えてほしい」

乗船後、薫人を客室まで案内すると、葛城が言った。

今回、葛城はプロレシアの次の寄港地であるブリタニア国に仕事で向かうようで、薫人のことはその道すがら見送るつもりだそうだ。

てっきり一人で向かうことになると思っていたため、薫人としては心強かった。

「大丈夫です。僕、港町で育ったので、海は好きなんです」

薫人が生まれたばかりの頃、父は港町である浦浜に家を持っていた。

母に手を引かれ、外国の船を見に行くのが幼い薫人はとても好きだった。

十年前も、時間があれば船の上から海を眺めていたため、それだけでも十分気分転換になった。

「それならいいが……船と陸の上では環境も随分違う。くれぐれも、体調には気を付けてくれ。それにしても……荷物はそれだけか？」

「え？」

薫人が持ってきた二つの鞄《かばん》を見た葛城が、訝《いぶか》し気に言った。そういえば乗船する際、荷物を運んでくれた客室係の船員からも同じことを言われた。

「は、はい……。本と、衣類くらいしか入っていませんので」

そう言うと、葛城はますます怪訝《けげん》そうな顔をし、「あの男……下劣な人間だとは思ったが……想像以上だったな」と小さく呟いた。

「え？」

「あ、いやすまない。こちらのことだ。外出は出来るかわからないが、途中にはいくつかの港にも寄港する。必要なものがあったら買うことも出来るから、遠慮なく言ってくれ」

「はい、ありがとうございます」

薫人が頭を下げれば、葛城は満足げに微笑んだ。国の重役を担っているからだろう、厳しい表情をしていることが多いが、時折見せる笑顔が優しい人だった。

プロレシアへの船旅は予定よりも数日長引いたが、薫人にとっては快適な旅となった。

元々東の国の人間は幼く見えることもあり、船内の獣人たちは薫人を最初子供だと思っていたようなのだが、実際の年齢を知れば様々なことを教えてくれた。

西方の国々の言葉は同じ言語を元に出来ているため、似ている点もいくつかある。そのため、プロレシア語の素養がある薫人にとって理解するのはそれほど苦にならなかった。

中型犬と大型犬の獣人ばかりではなく、中には小型犬の獣人もいた。

目や髪、肌の色こそ違うものの、薫人に親近感を持ってくれたようで、時折現在の世界の状況も知らせてくれた。

勿論、中にはそうでない者もいた。未だ、瑞穂の国の獣人に対して偏見を持っているのだろう。席を外すことはないまでも、レストランを利用する際に葛城や薫人がいる席とは敢《あ》えて離れた場所に座ろうとする者もいた。ただそれは、ごく一部の獣人だ。

同じ船に乗っているということで、仲間意識のようなものも持ってくれたのだろう。色々な国の獣人と話をすることで、世界の広さを改めて薫人は目の当たりにすることになった。

長い船旅ではあったが、全く退屈はしなかったし、むしろとても有意義な時間が過ごせた。


八年ぶりに目にするハレブルク港は、記憶にあるその姿よりさらに大きく、広大な港になっていた。

甲板に出てみれば、港ではたくさんの獣人たちが働いていた。

がっしりとした大型犬の獣人たちはよく日に焼けており、貿易商もいれば、軍服姿の軍人の姿も見える。

ここで半数の獣人は降りるようで、薫人はそわそわと尻尾を動かしながら、到着の知らせを待った。

葛城に連れられ、船を降りたところで、すぐにプロレシア人らしき獣人に声をかけられる。

「カツラギ様ですね」

身なりのきちんとしたフロックコート姿の初老の男性は葛城に挨拶をすると、次に薫人へと視線を向けた。

「こちらが、ユキヒト様」

薫人はまじまじと男性の顔を見つめた。流暢とは言えなかったが、男性が発していたのは瑞穂の国の言葉だったからだ。

「いかにも……貴方は？」

「シュタインメッツ家の使いの者です。ランバート様がお待ちです、どうぞこちらへ」

男性の言葉に、思わず薫人は葛城と顔を見合わせる。

港に使いの者を迎えによこすという話は聞いていたが、まさかランバート自ら足を運んでいるとは思いもしなかったからだ。

そのまま男性の後をついていけば、煉瓦《れんが》造りの建物の横に、大きな馬車が止められていた。

黒地に金色の装飾が施された馬車は、周りの馬車よりも大きく、特別豪奢《ごうしゃ》であることがわかる。

あ、ランバート様の家の紋章だ……。

馬車の中央には、王冠に剣という、シュタインメッツ家の紋章が描かれている。

薫人が受け取ったシュタインメッツ家からの正式な婚姻の申込状にも、同じ紋章が描かれていた。

思わず見惚《みと》れていると、ちょうどすぐ隣にあった重厚な扉が開き、薫人は自然と目を向ける。

「あ……」

空の色を思わせる瞳の色、日の光を浴びた金色の髪、そして髪の上にあるしっかりとした耳。

夢にまで見たランバート・フォン・シュタインメッツ、その人だった。

相変わらず、とても美しい……。

八年前、出会った頃はまだわずかに線の細さが残っていたランバートだが、既に三十という年齢ということもあるのだろう。

きらびやかな軍服がとても良く似合う、がっしりとした美丈夫となっていた。

ランバートは薫人の姿を確認すると、瞳孔を大きくし、次に案内をした男性の方へと視線を移した。

「到着したのなら、なぜすぐに報告しない」

「今、報告に参ろうと思ったのです。瑞穂の国の大使であるカツラギシュンエイ様、そしてランバート様の伴侶となるミキユキヒト様です」

紹介され、葛城がスマートな動作で手を差し出すと、ランバートもすぐにその手を取った。

「お久しぶりです、シュタインメッツ閣下」

「長旅を、ご苦労でした」

元々葛城はプロレシアに大使として派遣されていたからだろう、二人は旧知の仲のようだった。

「我が伴侶を無事送り届けてもらったこと、心より感謝します」

そこでようやく、ランバートの視線が薫人へと向かう。

「三木薫人です。お世話になります」

慌てて、薫人は頭を下げる。

けれど、ランバートは薫人のことを一瞥したものの「ああ」と一言返事をしただけで、すぐに視線を葛城へと戻した。

え……？

その素っ気ない態度に、僅かにショックを受ける。

「こちらには滞在を？」

「いえ、一時間後に船が出るので、次はロンディズムへ向かいます」

葛城の言葉に、ハッとして顔を上げる。葛城の役割はプロレシアに薫人を送り届けるまでであって、目的地は違うのだ。

わかっていたことだとはいえ、異国に一人きりになることに、僅かながらも不安を感じてしまう。一月という時間を共にしたこともあり、瑞穂の国を発った時より葛城と親しくなったこともあるのだろう。

「薫人君」

葛城も薫人の気持ちがわかったのだろう。薫人に、穏やかに声をかけてくれる。

「この数か月、君がとても努力してきたことを私は知っている。大丈夫、君ならこの国でもやっていけるよ」

これまで練習もかねてなるべくプロレシア語で話していた葛城だが、最後に使ったのは瑞穂語だった。

「葛城さん……、ありがとう、ございます……」

だから薫人も、瑞穂の国の言葉で最後にお礼の言葉を返した。

父の代わりとなって、ここまでよくしてくれた葛城には、感謝の言葉しかない。

葛城は頬を緩めると、ランバートにもう一度挨拶をし、そのまま港の方へと帰っていった。

「ユキヒト様」

名残惜し気に葛城の後ろ姿を見つめる薫人に、先ほどの男性が声をかける。

「どうぞ馬車へ」

「は、はい……」

緊張しながら、大きな馬車の方を向く。瑞穂の国で乗っていたものよりも高さがあるため、袴《はかま》姿の薫人は一瞬躊躇《ちゅうちょ》してしまう。

「え……?」

けれどちょうどその時、自分の身体がふわりと浮かんだ。

「ラ、ランバート様……？」

どうやら後ろにいたランバートが、薫人の身体を抱き上げてくれたようだ。

ランバートからかおる懐かしく、とても良い香りに胸が騒ぐ。

「高さがあるからな、その衣装では登りづらいだろう」

「あ、ありがとうございます……」

そのまま、薫人を馬車の中へと座らせると、ランバートも目の前の席へと座る。

先ほどの男性は、御者の隣に座っているようで、時折話し声が聞こえる。

馬車の中は比較的広いつくりにはなっていたが、限られた空間でランバートと二人きりになった薫人の身体が、自然と強張る。

「……おい」

「は、はいっ」

話しかけられ、びくりと肩を震わせて返事をする。

慌ててランバートの方を見れば、困ったような、苦い笑いを浮かべている。

「取って食おうというわけじゃないんだ、そう緊張するな」

「え？　あ……はい……」

「いや、それに関しては俺が悪いな。不遜《ふそん》な態度をとって悪かった。お前の荷物のあまりの少なさに、腹が立ったんだ」

「え……？」

荷物？

国から持ってきた荷物は、案内をしてくれた男性に渡したが、そんなに少なかっただろうか。

「す、すみません……。あまり、僕の家は裕福ではなくて……」

考えてみれば、瑞穂の国では嫁ぐ方の実家が花嫁用具一式を揃《そろ》えるのが伝統だった。

今着ている着物は叔父から渡された金で新調したものだが、シュタインメッツ家に嫁ぐ人間にしてはやはり貧相だっただろうか。

薫人はこっそり、自分が身に着けている着物に目を向ける。新緑を思わせる緑の着物に、薄い青色の袴。葛城からは、よく似合うといわれたのだが。

「いや、そういう意味じゃない」

「え？」

「今回の婚姻を申し込んだのはこちらだ。だから、俺の方から両国政府を通してお前の実家に準備金を送っていた。恐らくカツラギは渡したんだろうが、お前の家の人間がきちんと使わなかったんだろうな」

ため息とともに、苛立《いらだ》ち紛れにランバートが言った。荷物が少ないことを気にした葛城が困惑していた理由が、ようやくわかった。

「も、申し訳ありません……」

薫人のために、そこまでランバートは手を尽くしてくれていたのだ。それにも拘らず、こんな最低限のものしか用意出来なかった自分が、ひどく恥ずかしかった。

「いや、気にしなくていい。葛城に、もう少しきちんと話しておけばよかったな。それに、その衣装は美しいし、とてもよく似合っている」

ランバートがその端正な表情を僅かに緩め、薫人を見つめて言った。

「あ、ありがとうございます……」

気を使ってくれているのかもしれないが、薫人は素直に礼を言う。けれど、やはり緊張からか、うまく言葉を続けることが出来ない。

「……久しぶりだな」

そんな薫人の心境を感じてか、さり気なくランバートが声をかけてくれる。

「遠いところを、よく来てくれた。初めて会った時にも愛らしいと思ってはいたが、美しくなったな、それに、プロレシア語もとても上手くなった」

ランバートが、切れ長の目を細めて優しく薫人を見つめた。

「そ、そんな。とんでもないです……。僕の方こそ、どうぞよろしくお願いいたします」

端正な顔で真摯《しんし》に見つめられ、薫人の頬に熱が溜まっていく。嬉しいけれど、とても恥ずかしい。

「しばらくは慣れないことも多いと思うが、せっかくこの国に来てくれたんだ。お前には快適に過ごして貰いたい。何か足りないものや、気になることがあれば、小さなことでもいいからなんでも言ってほしい」

「はい。ありがとうございます」

薫人としては、今の時点で不足しているものは思いつかなかったが、ランバートの気持ちは嬉しかった。

「これからよろしく頼む。ユキイ……」

ランバートの言葉が、途中で止まり、さらになんとも気まずそうな表情をしている。

「ユキシ……」

おそらく、薫人の名前を呼ぼうとしてくれているのだろう。けれど、そこでふと薫人は思い出した。

プロレシアで暮らしていた頃、薫人の名前を呼ぶ際にこちらの国の使用人たちがとても苦労をしていたことを。

「ユ、ユキで大丈夫です！　その方が、呼びやすいですし」

思い返してみれば、ランバートと再会してからランバートは一度も薫人の名前を呼んでいなかった。

最初はあまりの素っ気ない態度に、自分の名など呼びたくないのかと思ってしまったがそうではなく、おそらく呼べなかったのだろう。

「わかった」

薫人の言葉に、ランバートが小さく咳払《せき》いをした。

「これから、よろしく頼む。ユキ」

「はい。よろしくお願いします、ランバート様」

微笑んで頭を下げれば、ランバートも満足げに頷いた。

どうしてランバートが自分を伴侶として迎え入れてくれたのかは、正直わからない。

叔母に幾度となく言われたように国同士の繋がりから、他に思い当たる人物がいなかったからかもしれない。

ただ、一つだけ言えるのは。

ランバートは、薫人のことを覚えていてくれて、好意的に受け入れようとしてくれている。

それだけで薫人にとって十分幸せなことであるし、この国の生活に慣れ、誠心誠意ランバートに仕えようと、心からそう思った。

3

正賓室の柱時計を時折見つめながら、薫人はそわそわと窓から外を眺めていた。

既に日が暮れ、あたりは暗くなっているが、部屋の中は白熱灯により照らされている。

薫人がプロレシアに来て驚いたのは、八年前よりさらに発展しているこの国の夜が、とても明るくなっていることだった。

八年前は、それこそまだ夜になっても十分な明るさを得られる家は少なく、あたりの治安を守るため、マント姿の男性たちがカンテラの光をたよりにあたりを巡回していた。

瑞穂の国も開国後は外国の技術を学んだことにより生活の質は向上しているが、やはりまだ学ぶべきことはあるようだ。

葛城に手紙を書く時にはぜひその点についても言及しよう。そんなことを思っていると、ノックの音の後、正賓室の扉が開かれた。

「ユキ様、どうぞ座っていらしてください。旦那様がお帰りになりましたら、すぐにキーガンが報告いたしますので」

ちょうどコーヒーを運んできた使用人頭のハンナが、笑みを浮かべて薫人に言う。落ち着かない様子でランバートを待っていたのがわかったのだろう。小さな子供のようで気恥ずかしい。薫人は小さく頭を下げると、ストゥールへ腰かける。

キーガンというのはこの家の家令で、客人の持て成しから何からランバートの秘書のような役割も担っている。

穏やかな笑顔の初老の男性だが、軍属の経験もあるため腕も立つのだとハンナが教えてくれた。

キーガンの次に長くランバートに仕えているというハンナは、薫人に色々なことを教えてくれる。ふくよかな外見そのままの大らかで優しい女性で、いつも笑みを浮かべている。

マグカップに口をつければ、中はミルクと砂糖の入った甘いコーヒーだった。

薫人がプロレシアに来てから、ランバートに嫁いでから、三か月。

国を出る前に持っていたたくさんの不安をよそに、穏やかで、とても幸せな生活を送っていた。

東の国から来た人間は少なからず、西の国では差別や偏見の対象になっている。東の果てにある、未開の地とされていた瑞穂の国はもちろん例外ではなく、実際父はそういった西の国の獣人たちの見方を変えるべく、努力していたのだと思う。

馬鹿にされ、嘲笑されても西の国々の獣人たちと同じ格好をし、同じ文化を取り入れていたのもそのためだ。

薫人は一度だけ、プロレシアの子供たちに虐《いじ》められ、それを涙ながらに父に話したことがあった。

その時、父は薫人にこう言った。

『悔しかったな。薫人の気持ちは、痛いほどわかる。だが、プロレシア人みんなを嫌ってはいけないよ。瑞穂の国にも色々な獣人がいるように、プロレシアにも色々な考え方の獣人がいる。わかり合おうとする気持ちを、決して捨ててはいけないよ』

あの頃は、父の言っている言葉の意味がよくわからなかった。

一方的にひどい目にあっているのは自分なのに、嫌ってはいけないという父の話が、理不尽だとさえ思った。だけど、今なら父の気持ちもわかる。

この屋敷に住む人々は、薫人に対してとても優しく、薫人が日々の暮らしで不自由をしないよう、細やかに気を使ってくれる。

一方的にプロレシア流のやり方を押し付けるのではなく、一つ一つの物事に対して薫人に説明し、確認をとってくれるのだ。

そしてそれは、全てこの屋敷の主であるランバートのお陰でもあった。

『ランバート様から、ユキ様のお国のことを勉強するよう、仰せつかったのです』

『え？』

『何も知らない異国で、心細い思いをするかもしれない。日中は自分が仕事でそばにいられないから、屋敷の人間たちが支えてくれって』

最初の頃、こっそりとハンナが教えてくれた。

薫人が少しでもこの国に馴染めるように、この国での生活を楽しめるようにランバートがとても心を砕いてくれたことがわかる。

実際、正賓室には父が贈ったという瑞穂の国の刀や小鼓、鎧兜《よろいかぶと》もあり、それがまた妙に様になっている。

これもハンナから教えてもらった話なのだが、東の獣人に対して少しでも偏見のある使用人は、薫人が来る前に屋敷から出されたようだ。

そこまでして貰ったことは嬉しくもあり、また申し訳なくもあった。こんなにも大切にしてもらっていいのかと、プロレシアに来てからの毎日は、まるで夢の中にいるかのような心地がした。

そんなことをマグカップを手にしつつ考えていたら、正賓室の扉が叩かれ、ランバートが帰宅したことを知らされる。

ピクリと耳を動かせば、確かに玄関から話し声が聞こえた。慌てたように薫人が立ち上がれば、すぐ隣に立っていたハンナが小さく笑った。

「今日は何をしていたんだ？」

玄関でランバートを迎えた後、寝室まで一緒に行き、コートを脱ぐのを手伝う。

本来はキーガンの仕事なのだそうだが、薫人が希望したこともあり、キーガンが仕事を譲ってくれたのだ。

瑞穂の国でも同様だが、プロレシアにおいて屋敷を取り仕切るのは女主人の仕事になる。薫人は女性ではないが、ランバートの伴侶となったためそういった仕事も少しずつ行うようにしている。財政の管理もその一つで、もともと算術が得意であった薫人にとっては苦ではなく、計算が正確だとキーガンからも驚かれた。

「午前中はランバート様から頂いた本を読んで、午後からはハンナさんと一緒に、シュトゥルーデルを焼きました。ランバート様が、お好きだとお聞きしたので」

小麦から作ったシュトゥルーデルと呼ばれる生地に、果物を包んだ菓子は適度な甘さがある。薫人はプロレシアに来て初めて食べたのだが、とても美味《おい》しかった。

「そうか、それは食べるのがとても楽しみだ。だがユキ、無理して家の仕事をする必要はないぞ。まずはここでの生活に慣れることを一番に考えてくれ」

ラウンジスーツから、シャツにパンツという動きやすい服装に着替えたランバートが、薫人に言う。

表情は変わらないが、立派な大きな尾が揺れているため、喜んでくれていることがわかり、嬉しくなる。

軍では騎士団を率いていたランバートだが、薫人がプロレシアに来てからは軍の中でも他の官職についているそうだ。王太子にいいように使われている、とランバートは苦笑いを浮かべていたが、キーガンに聞けば、軍の任務は家を留守にすることも多いため、薫人のために役職を変えたという話だった。

役人であることは変わらないし、元々王族とも縁戚にあたるシュタインメッツ家であるため、そのあたりの融通はきくのだという。

勿論、有事の際はすぐに軍の現場に戻るつもりではあるようだが、様々な仕事をこなすことが出来るランバートに、改めて薫人は憧憬《しょうけい》の念を覚える。

「はい、ありがとうございます」

薫人も笑顔で応えれば、そういえば、とランバートが仕事に行く際にいつも持っている鞄から、きれいな紙に包まれた箱を手渡される。

「万年筆だ。今朝、インクが切れてしまったと言っていただろう？」

「あ、ありがとうございます……！」

薫人としては、さり気なく話したことだったのだが、覚えてくれていたことがとても嬉しい。

長方形の小さな箱を、大切に薫人は手に包み込む。

星空をイメージしたきれいな包装紙を見ているだけでも楽しい。

そんな薫人の反応に、ランバートは安心したような表情をしながらも、口に手を当て、何か考えるようなそぶりを見せた。

「その……他に、何か欲しいものはないか？」

「え？」

「お前は、自分から何かを要求することがないだろう？　女性であれば、装飾品や宝石の類を贈るべきなんだろうが、お前は喜んでくれるだろうか？」

難しい顔でいうランバートに、慌てて薫人が首を振る。

「と、とんでもないです！　そんな高価なもの、申し訳ないです」

「そうか……。俺はこういったことに不慣れで、贈り物を贈ったことがほとんどないんだ」

無粋ですまない、とランバートが言えば、背後にある立派な尾がどこか寂しそうに下がる。

神とも崇《あが》めたてられる狼の獣人で、プロレシアの英雄ともいわれるランバートが、パートナーの気を引くことに対しては精通していない、という話に少し薫人は驚く。

けれど、この三か月間一緒に暮らしてみて思ったのは、ランバートはとても誠実で、まじめだということだった。

仕事が終わればすぐに屋敷へと帰ってくるし、酒は嗜むものの泥酔するほど口にするわけでもない。

休日は薫人を街に連れて行ってくれたり、一緒に本を読んだり、穏やかで、とても静かな日々を送ることが出来ている。

外見の華やかさからは想像がつかないが、ランバートのそういった堅実さも薫人はとても尊敬していた。

「そんな風におっしゃらないで下さい。ランバート様にはとてもよくして頂いていますし、先日買って頂いた本も、すごく面白かったです」

瑞穂の国では、プロレシアの本を手に入れるのは簡単なことではなかった。帝都の大きい書店まで足を運べば、ようやく何冊か見つけられるが、どれも高価なものだった。

薫人は父の形見であるプロレシアの本を繰り返し何度も読み、学んでいたのだが、それを見かねたのか、ランバートは最近、本をよくプレゼントしてくれていた。

物語や詩集に絵画集、そして少し難しい学術書と、薫人の話を聞き、時間をかけて選んでくれているのがわかった。

「もう読み終わったのか？」

「はい、夢中で。すぐに読み終わってしまいました」

嬉しそうに薫人が言えば、ランバートは驚きつつも、満足そうに微笑んだ。

「子供の頃から利発だったが、やはりユキはすごいな。発音も、昔より大変《たいへん》きれいになった」

言いながら、薫人の頭へと手を伸ばし、優しくその髪を撫でる。

耳には触らないようにしてくれているのだが、くすぐったさに自然と首をすくめてしまう。

ランバートは時折こうして薫人の髪を撫でてくれるのだが、薫人はそれが大好きだった。

そこで、ふとランバートの手が止まった。

薫人の後頭部を見つめ、眉をひそめて、少しだけ難しい顔をする。

どうしたんだろう。そんな風に思って顔を上げれば、

「ユキは、装飾品をあまり好んでつける方ではないと思うんだが」

言いづらそうに口を開き、さらに言葉をつづけた。

「このバンドは、いつもつけているな。気に入っているのか？」

バンド、と言われ一瞬なんのことかと思ったが、バンドというのはプロレシア語で手絡《てがら》、リボンを指すことを思い出す。

手絡の生地はやわらかく、光沢のあるこちらのリボンとは少し違うため、すぐに繋がらなかったのだ。

長い黒髪を一つにまとめあげ、高い位置で結んでいる薫人の髪には、青い手絡がつけられていた。

「はい。昔、大切な人に貰ったものなんです」

薫人にとっては宝物のような、大事な手絡。けれどそう話せば、ランバートの表情が僅かに曇った。

「大切な人……昔、好いていた相手か？」

「え？」

「わ、悪い。実は、少し気になっていたんだ。こちらから、半ば強引に婚姻の申し入れをし

てしまったし、もしお前に恋人がいたら、非常に申し訳ないことをしてしまったと」

常に堂々とした佇《たたず》まいのランバートにしては珍しく、なんとも決まりが悪そうな顔でそう言った。

「ち、違います……！」

思ってもみなかったランバートの反応に、薫人は慌てて否定する。

「幼馴染の女の子なんです。初めて会った時にもお話ししましたが、僕の耳の色、ちょっと他の柴犬とは違うので、小さい頃よくからかわれて……。泣きべそをかいていたら、この手絡をくれたんです」

薫人の家系は代々柴犬の獣人で、父は黒色の柴犬、母は赤色の柴犬だった。

どちらかの色を引き継ぐかに思われたが、祖父母の色もそれぞれ入り、赤と白と黒の混じった胡麻色の柴犬として薫人は生まれてきた。

自分の耳の色を気にする薫人に対し、少女がくれたのが青色の手絡だった。

『薫人の髪と耳の色に、すごく似合ってるわ』

そう言って笑ってくれた少女を思い出し、懐かしく、そして切ない気持ちになる。

「そ、そうか幼馴染か。確かに、そのバンドはよくお前に似合っている」

「ありがとうございます」

薫人の言葉にホッとしたのか、ランバートが穏やかな笑みを浮かべた。

「ところで……」

「はい」

ランバートが、ちらりと薫人の衣服を見る。

「お前がいつも尾を出していないのも、もしかして毛の色を気にしてのことなのか？」

「え……」

「いつも、服で隠しているだろう？」

「あ……、はい……」

決まりが悪そうに、薫人は自身の臀部《でんぶ》に手を伸ばす。洋装の時にはさすがに隠し切れないが、普段着ている袴はゆったりとしているため、着物の中に尾を隠すことが出来た。

そういえば、瑞穂の国では尾を出していない獣人も多かったため、気にしていなかったのだが、プロレシアでは女性も皆立派な尾を外に出している。

「お前が嫌だったら無理強いはしたくないんだが……、出来れば、外に出してもらえないか？」

「え？」

思ってもみなかったランバートの言葉に、戸惑う。

「もしかしてプロレシアでは、尾を隠すのは失礼にあたるのでしょうか」

どうしよう、そんなつもりはなかったのだが。誰にも指摘されたことがなかったため、気が付かなかった。

「いや、そんなことはないんだが」

慌てる薫人に、ランバートが苦笑いを浮かべて首を振る。そして、少し言いづらそうに口を開く。

「その……ユキの尻尾は愛らしいだろう？」

「え？」

「だから、隠すのはもったいないと思ったんだ」

愛らしい……？　僕の尻尾が？

「で、ですが……僕の尾は、ランバート様のような立派なものではないですし……」

「そうか、俺はお前の尻尾を見るのが好きなんだが……」

大きく、長い立派な尾を持つランバートに比べると、自分の尾はやはり見劣りしてしまう。

「わかりました。ランバート様がそう仰って下さるなら、僕も尾を出します」

恥ずかしがっていても仕方がない。薫人は後ろに手を伸ばし、袴を広げる。袴の後ろには切り込みが入っており、尾を出せるようになっているのだ。

袴の後ろから、ピョコンと自身の尾が飛び出す。

「どうですか……？」

おそるおそる、ランバートに聞く。薫人がランバートを見れば、その表情には笑みが浮かべられていた。

「ああ、やはりとても愛らしいな。お前の尾は上を向いているだろう？　動き回るたびにそれが揺れるから、見ていて楽しい気持ちになるんだ」

休日にランバートと外出する際にはいつも洋装をしているため、尾は自然と外に出る。くるりと上がった尻尾は柴犬の特徴であるとはいえ、この国ではあまり見られないこともあり、少し恥ずかしいと思っていた。だけど、ランバートの目にはそうは映っていなかったようだ。

「触っても？」

「へ？」

「触ってもいいか？」

「は、はい……」

ランバートの言葉に驚きつつも、薫人が頷けば、ランバートがその長い手を伸ばし、優しく薫人の尾に触れた。

「ああ、毛並みもとてもきれいだ」

「ありがとうございます……」

こんな風に、誰かに尾を触られるのは初めてのことだった。少し恥ずかしいが、どちらかというとコンプレックスに感じていた尾をそんな風に言ってもらえるのは嬉しい。

顔を上げれば、ちょうどすぐ近くにランバートの顔があった。見つめ合い、微かに甘いにおいを感じる。

あ……、このにおい……。

ランバートからはいつも良いにおいがする。どんな香水を使っているのか聞いてみたかったのだ。ちょうどいい機会だから、聞いてみよう。

けれど薫人が口を開く前に、ランバートはさり気なく視線をそらし、薫人の背に手を添える。

「食事にしよう、食後のシュトゥルーデルも楽しみだ」

「はい」

大きく、厚みのあるランバートが、薫人は大好きだった。優しいその手に触れられると、自分がランバートにとても大切にされていることを実感することが出来る。

ランバートだけではない、この屋敷の人々はみな薫人を大切にしてくれる。

こんなにも幸せで良いのかと、あまりにも幸せすぎて、今までのことは全て夢だったんじゃないかと少し不安になるほどだった。それこそ朝起きたら、またあの寒い離れの部屋で一人で目覚めることになるのではないかと。

怖いくらいに、幸せな毎日。おそらく傍目《はため》にも、薫人とランバートはとても円満な家庭が築けていると思われているだろう。

異なる国に生まれた二人が、互いに尊重し合い、想い合う。こんなに理想的なつがいは見たことがないと、キーガンも笑顔で言っていた。

確かに、それは嘘ではない。ランバートは薫人に優しくしてくれるし、薫人もランバートのことは尊敬している。

けれど、そんな一見何もかもがうまくいっている自分たちの間には、秘密があった。

ランバートの元に来て三か月。薫人は、一度もランバートと身体を繋げたことがなかった。

大きな寝台は狼の獣人であるランバートのために作られたもので、小型犬の薫人が一緒に眠ってもまだ十分な広さがあった。

薫人もプロレシアで暮らしていた頃は寝台を使っていたが、天蓋付きで、カーテンまでつけられた寝台を実際に目にしたのは初めてだった。

以前プロレシアに住んでいた頃は、父である大使の元で十分裕福な暮らしが出来ていたと思うが、シュタインメッツ家は比べ物にならないほど裕福なようだ。

聞いた話では、家によっては嫁いできた夫人が家計の管理に全く口を出せないこともあるという。けれど薫人は、可能であるならば将来的にはこの家の家計を任せたいとランバートから言われている。資産管理を任されたのはランバートの薫人への信頼の証《あかし》だろう。

屋敷の者にはこれ以上ないというほど丁重に扱われ、ランバート自身にも尊重してもらっている。

これで不満があるという方が罰が当たってしまうだろう。

一緒に暮らし始めたばかりの頃は多少の緊張もあったが、それも時間が経つにつれ少しずつ和らいでいった。ランバートと一緒にいれば心が安らぐ。それはランバートだって同じだろう。

しかしだからこそ、未だそういった身体の結びつきの一切がないことが、薫人は気になっていた。

そもそも、同じ獣人でも大型犬と小型犬では性欲の強さが違う。個体差はあるとはいえ、一般的には大型の獣人は性欲が強いと言われている。

正確にはランバートは大型犬ではないが、その始祖と言われる狼だ。性欲が弱いとはとても考えづらい。ということは、つまり。

「ユキ」

「あ、はい」

寝台に座ったまま、考え込んでしまっていたようだ。

ランバートを見れば、先ほどまでデスクで何か熱心に書類を見ていたのだが、それも終わったようだ。

「そろそろ休もう」

そう言うと、薫人の隣へ、その大きな身体を滑り込ませてくる。

「寒くはないか？」

「大丈夫です、毛布がとても暖かいので」

プロレシアの冬は寒く、瑞穂の国の冬よりもよほど厳しい。

こちらに来たのは夏の終わりだったが、日に日に寒さが増していくようにも思う。

「そろそろ暖炉に火をいれた方がいいな。ユキも知っていると思うが、この国は冬の寒さが厳しい。次の休みに仕立て屋を呼んで、コートを作らせよう」

「はい、ありがとうございます」

寝室のクローゼットには、既に薫人のために用意されたたくさんの衣装があふれるほど入っていた。

高級なものばかりでとても普段使いには出来ず、日頃は着慣れた着物をつい着てしまうのだが、外に出る時にはなるべく洋装を選んでいる。

ランバートの屋敷は市街地から少し離れているが、馬車で十数分もあれば出ることが出来る。

プロレシアの王都であるベルエルンは歴史のある街で、おとぎ話のような街並みを薫人はとても気に入っていた。

だから、休みの日にランバートと一緒に外出するのは、楽しみの一つでもあった。

「ユキには何色が似合うだろうな？　仕立て屋とも相談しよう」

ランバートが言葉を弾ませ、そんなランバートの顔をこっそりと薫人は見つめる。

薫人の視線に気付いたのだろう。ランバートはゆっくりと薫人の顔へと自身のそれを近づけ、額へと優しく口づけた。

「おやすみ、ユキ」

「お、おやすみなさい」

照明の火が消え、明るかった寝室に夜の帳《とばり》が下りる。

薫人はこっそりと、先ほどランバートに口づけられた額に手を伸ばす。

頬に額に、ランバートは頻繁に薫人へ口づけをくれる。

ランバートの唇が自分に触れた時、薫人の胸は高鳴り、幸せな気分になる。

けれど、あくまでそれだけだった。ランバートの手が薫人の身体に触ることはあっても、それは慈愛からくるもので、性的な意図は全くといっていいほど感じられない。

本音を言えば、最初は行為への恐れの方が強かった。

葛城が気を使ってくれたのだろう。プロレシアに渡る前に年配の女性を薫人の元に遣わしてくれ、所謂《いわゆる》夜の営みに関する教えを受けた。

士族の子であることもあり、薫人は男性同士の性行為に関する抵抗はそれほどない。

歴史を紐解《ひもと》けば、主君とそういった関係にあった獣人が多いことも知っている。

ただ、いざ内容を聞けば、やはり恐れや不安は感じてしまっていた。

それでも、それを覚悟の上で嫁いだにも拘らず、ランバートは自分に対しそういった行為を全く求めてこない。

優しいランバートのことだ。最初は、薫人がこの国に慣れるまでは待ってくれるのかとも思ったが、それも違うようだ。

つまり、ランバートに自分は求められていない。その事実を改めて知ると、薫人の心になんとも言えない寂しさと、申し訳のなさがこみあげてくる。

……やっぱり、僕に魅力がないのかなあ。

この国の獣人は身体も大きければ、男女ともに華やかだ。小柄で地味な自分では、ランバートは全くそう言った気が起きないのかもしれない。

でも、それならどうやって性の発散をしているのか。

瑞穂の国には遊郭という場所があったが、こちらにも同じようにきれいな男性や女性の獣人を買う場所があるのだという。

けれど、毎日時間通りに帰宅しているランバートに寄り道をしている気配はないし、休日となればずっと薫人の傍《そば》にいてくれる。

これ以上を望むのは、贅沢《ぜいたく》なのかなあ……。

別に、自分たちは男同士で、行為をしたからと言って子供が出来るわけでもない。

けれど、それでもランバートに触れたいし、触れられたいと、最近の薫人はそんな風に思っていた。

ランバートがごろりと寝返りをうち、薫人の方へと顔を向ける。

きれいだなあ、ランバート様……。

間近で見ると、その美丈夫ぶりに薫人の胸が騒ぐ。切れ長の瞳は閉じられ、熟睡していることがわかる。

それだけ、心を許してくれているということだろう。

外見はもちろん、その心根も立派な、とにかく素晴らしい人なんだ。一緒にいられるだけで充分だと思おう。

そう思いなおし、薫人も自身の瞳を閉じた。

＊＊＊

眼鏡をかけたいかにも理知的で貴族然とした男性がランバートの屋敷を訪ねてきたのは、休日の麗《うら》らかな午後のことだった。

薫人は朝から仕立て屋に採寸をしてもらい、コートや夜会用の衣装のオーダーをランバートが出していた。

着物とは違い、洋装というのは身体のあちこちの長さを測られるため、毎回薫人は緊張してしまう。

身体が小さい割に、手足が長いと褒められたが、着物の生活が長かった薫人にはいまいちそれの何が良いのかわからない。

とにかくそんな感じで、少しばかり薫人が疲れたのもわかっていたランバートは、午後からは家でゆっくりするように提案してくれた。

そんな時の、突然の来客だ。

ハインツの来訪をキーガンが伝えた時、ランバートはあからさまに顔をしかめ「断ってくる」と言って正賓室を出ていった。

けれど、結局押し切られてしまったのだろう。次に扉が開いた時、仏頂面のランバートと、口元に笑みを湛《たた》えた男性が中へと入ってきた。

「……だからハインツ、ご挨拶だなあ。お前何しに来たんだ」

「何しに来たって、お前、結婚したっていうのに相手を全く紹介してないだろ？　水臭いよなあって仲間内でも話してたんだよ」

ランバートは大きな箱を持っており、それをハンナに渡していた。おそらく、手土産を持ってきた相手を無下に追い返すことが出来なかったのだろう。

ハインツと呼ばれた男性は正賓室をぐるりと見渡し、薫人に気付くと視線を止めた。

薫人は慌てて立ち上がり、ゆっくりと頭を下げる。

「ああ！　君が瑞穂の国から来たという花嫁だね！　なるほど、想像していたよりもずっと愛らしい。人形みたいだ」

その外見からは想像がつかなかったが、ハインツは気さくな性質《たち》のようで、薫人に近づき、その手を取る。

「小型犬……瑞穂の国に住んでいるという柴犬かな？　その衣装はキモノと呼ばれる民族衣装だね？　尻尾はどんな形をしているんだい？」

「へ？　えっと……」

薫人の肩に触れたハインツが、そのまま後ろを覗き込む。

「ハインツ！」

勢いに圧倒され、何も言えなくなっていると、ランバートがハインツに対して声を荒げる。

「不躾だとは思わないのか！　ユキが困っているだろう！」

ランバートの怒声に圧倒されたのか、パッとハインツがランバートから手を離した。

「はいはい、嫉妬《しっと》深い旦那様だね。僕の名前はハインツ・フォン・ホフマン。ハインツでいいよ。ランバートとは大学時代の友人なんだ。以後、お見知りおきを」

仰々しく挨拶をしたハインツに対し、薫人は丁寧にお辞儀をし、自分の名を名乗る。

「瑞穂の国から参りました、薫人と申します。どうぞ、よろしくお願いいたします」

薫人がそういえば、ハインツがあまり大きくない目を見開く。

「驚いたな、完璧なプロレシア語じゃないか。てっきり、片言しか喋れないものだと

「……！」

「ハインツ！　お前、いい加減にしろ！」

再び薫人に触れようとしたハインツをランバートが怒鳴る。

「ユキ様、こちらへ」

ちょうど部屋に入ってきたハンナが助け船を出してくれたため、薫人は頭を下げて正賓室を後にした。

「決して悪い方ではないんですけど、ハインツ様は変わり者なんです。どうか、お気を悪くなさらないでくださいね」

ハンナに促され、キッチンへと入ると、こっそりそんな風に教えてくれた。

「はい。大丈夫です……」

変わり者とハンナは言ったが、好奇の目で見られるのには慣れている。今でこそ、瑞穂の国が発展したこともあり、偏見の目は以前よりもなくなったが、十年前、父に連れられこの国に来たばかりの頃は、どこに行ってもジロジロと不躾な視線を向けられたものだ。

ただ、ハインツからは興味津々といった視線は向けられたものの、悪感情は感じられなかった。

また、この屋敷の獣人たちにそういった差別的な考えがないのは、全てランバートと、おそらく以前の女主人であるランバートの母の教育の賜物《たまもの》なのだろう。

キッチンも、本来は使用人たちの領域で、薫人が入ることはあまりないそうだ。それこそ、女主人によっては立ち入ることすら嫌悪する者もいるという。

けれど、ランバートの母は貴族女性であるにも拘わらず、時折キッチンに入り、自ら手料理を振舞うこともあったそうだ。

薫人は瑞穂の国にいた頃から料理はしていたし、こちらの食生活に慣れるためにも敢えて入れてもらうようにした。

ハンナは話し上手で、色々なことを教えてくれるため、薫人としてはとても助かっていた。夫はいたが、戦争で亡くなってしまい、子供を抱えて困っていたところ、ランバートの母が雇ってくれたこと。既にその子供たちは自立して、皆それぞれに仕事を持っていることなどを話してくれた。

薫人が驚いたのは、貴族でもなく、騎士でもないハンナの夫も戦場に行かなければならないことだった。

瑞穂の国も開国前、いくつかの内戦があったが、戦っていたのはほとんどが侍、後の士族階級の者たちだった。

『西の大陸には、たくさんの国があるのですが、好戦的な国が多く、昔から何度も戦争を繰り返しているんです。数百年もの間、戦争をしていなかったユキ様のお国の王様は、たいへん立派な方なんですね』

ハンナが、少し悲しそうに笑ったのは、自分が夫を戦争で亡くしているからだろう。

『でも、だからかしら。ユキ様と一緒にいると、穏やかで優しい気持ちになれるんですよね。ランバート様なんて戦場を知っている方だから、ますますそう思うんじゃないでしょうか』

ハンナの言葉は嬉しかった。だが、正直薫人自身にその感覚はわからなかった。

けれど、ランバートにとって自分が一緒にいて安らげるような、そんな存在になれたら嬉しかった。

「あら、チョコレートだわ。コーヒーと一緒に出しましょうね」

コーヒーを淹《い》れていた薫人の横で、先ほどハインツから貰った箱をハンナが開ける。

箱の中には、きれいな形をしたチョコレートがぎっしりと詰め込まれており、微かによいかおりもした。

「あ、あの」

「はい？」

「僕が、出しても大丈夫でしょうか？」

おそらく、ランバートはこのまま薫人が正賓室に戻らずとも何も言わないだろう。

けれど、曲がりなりにもハインツはランバートの客人なのだ。

実際のところの本音がどこにあるのかは知らないが、結婚した相手を見に来たということなのだから、自分が隠れているのは無礼になるかもしれない。

ランバートの友人なのだ、悪い獣人ではないだろう。

何よりそれで、ランバートの評判を落とすようなことはしたくなかった。

「ええ、勿論。お熱いですからお気をつけてくださいね」

ハンナも、そんな薫人の気持ちを察してくれたのだろう。笑顔で、華奢《きゃしゃ》な装飾のついたトレイを渡してくれる。

ランバート様は僕を伴侶に選んでくれたんだ。自信を持たなきゃ。

小さく息を吸って、薫人はキッチンの扉を開けた。

4

洋装に着替えようかとも思ったが、ハインツの言動からは好奇心こそ感じられたが、着物を馬鹿にした様子は感じられなかった。

今着ているのは、母の形見である朱色の着物を仕立て直したものに、銀に近い白の袴だ。一応は余所《よそ》行きのものであるし、失礼にはあたらないだろう。

いくら姿かたちを似せても、自分は瑞穂の国の獣人だ。髪の色や瞳《ひとみ》の色も、こちらの獣人とは違うし、身体の大きさだって随分違う。

着物をおかしいとも思わないし、愛着だってある。

何より、ランバートは薫人の着物姿をとても気に入ってくれている。それならば、薫人がわざわざ服装を替える必要はないだろう。

背筋を伸ばし、正賓室の扉の前に立つ。すると、僅かに開いた扉から、中の声が少し漏れてきた。

立ち聞きなど無作法だとは思いつつも、ちょうど自分の名前が聞こえてきたこともあって、思わず立ち止まってしまった。

「ユキ君、ね……。東の国から伴侶を娶ると聞いた時には、何を血迷ったのかと思ったが。想像よりもずっと愛らしいし頭も良さそうだ。男であるのが残念だな。まあ、もし女だったら逆に血統第一主義の父君が許さないか」

「……ハインツ！」

ランバートがすぐに窘《たしな》めるように声を大きくしたが、ハインツの言葉に薫人はドキリとする。

血統第一主義。プロレシア人は、自分たちの血統にとても誇りを持っていると聞いたことがある。

特に、ランバートの家は狼の血を色濃く残している。狼の獣人は少ないため、婚姻は難しいだろうが、狼でなくとも大型犬の方が伴侶としては相応《ふさわ》しいと思っているのかもしれない。

結婚の挨拶をしに行った時の、ランバートの両親の顔を思い出す。母親の方はあまり好意的ではなかったが、父親の方はにこやかに見えた。

けれど、それはあくまで表向きの姿だったのかもしれない。

「冗談だ。だが、確かに可愛らしいとは思うが、まだ子供じゃないか」

「確かにユキは若く見えるが、もう十八だ。子供ではない」

ランバートは庇《かば》ってくれたが、やはり自分の外見は幼く見えるのかと、少しばかり恥ずかしくなる。

「まあ今更言っても仕方ないことだが……。だけどそれにしたって、ルイーゼのことはよかったのか？」

ルイーゼ？

聞き覚えのない名前に、薫人の手が微かに震える。

「家柄も釣り合っていたし、他の男には一切の関心を見せなかったルイーゼがお前にだけは違っていた。留学だってあと一年もすれば帰ってくるはずだったんだろ？　待っていた方が」

「おい」

黙ってハインツの話を聞いていたランバートが、痺《しび》れを切らしたかのように声を大きくする。

「お前は一体何をしに来たんだ？　ルイーゼのことはもう一切関係ないし、これ以上ユキを愚弄するならお前との今後の付き合いは考えさせてもらう」

ランバートの言葉から、その本気を感じ取ったのだろう。

「悪かった……」

素直に、ハインツは謝罪の言葉を述べた。

「結婚を祝いに来たのは本当だ。東の国からの花嫁を見てみたかったのも。お前がとても大切にしているのもわかったよ」

「当然だ」

ランバートがそういえば、この話はこれで終わらせた方が良いと思ったのだろう。ハインツが仕事の話を始めれば、すぐに二人の間の空気に険悪さはなくなった。

「……ユキ様？」

「あ」

小声で話しかけられ振り向けば、キーガンが気遣わしげに薫人を見ていた。

慌ててマグカップを見れば、まだかろうじて湯気が上がっていたのを見てホッとする。

「すみません、ぼうっとしておりました」

小さな声でそう告げると、キーガンが頷き、部屋の扉をノックしてくれる。

扉を開け、薫人に中へ入るよう促す。薫人は小さく礼を言い、トレイをもって正賓室へと足を踏み入れた。

結局ハインツはそのまま日が暮れるまで居座り、夕食まで一緒にすることになった。

ランバートはあまり良い顔をしていなかったが、ハインツはなかなかに話し上手で、薫人にもわかるような話題を振ってくれた。

それ以前の会話を聞いてしまったこともあり、少し警戒していたのだが、ハインツ自身東洋文化の研究をしているらしく、雅楽にも興味があるのだという。家には小鼓もあるようで、瑞穂の国に住んでいた獣人に習っているのだそうだ。薫人にも様々な質問をしてくれた。

全てに正確に答えられたかはわからないが、プロレシア人であるハインツにも理解をしてもらえるよう、なるべく言葉を砕いて説明をした。ハインツも納得してくれたようで、最後にはいつか瑞穂の国に行ってみたいとまで言ってもらえた。

帰り際、ランバートが馬車のことでキーガンに呼ばれたため、わずかな間であるがハインツと二人きりになった。

「今日はとても有意義な時間になったよ。ランバートは、良い伴侶を得たようだね」

なんとなく緊張していれば、ハインツからそんな言葉をかけられ、薫人は瞳を瞬《しばたた》かせた。

「昔から、あいつは常に周囲の重圧と視線にさらされてきた。君といる時の、穏やかな表情を見て驚いたよ。あんな顔も出来るんだとね」

あいつのことを、どうかよろしく頼む。

お茶らけた表情とはうって変わった、真摯な表情でそう言われ、薫人は慌てて頭を振った。

そして、その後ゆっくりと頷いた。

「はい、勿論です」

恐縮しながらそう言えば、ハインツは楽しそうに笑った。

＊＊＊

「今日はすまなかったな」

湯浴《ゆあ》みを終え、既に寝台の上にいた薫人に、ランバートが申し訳なさそうに話しかけてきた。

「え？」

「疲れただろう？　ハインツのやつ、突然押しかけてきて……」

ランバートが、これ見よがしに大きなため息をつく。

「いえ、そんな……ただ、大丈夫でしたでしょうか？」

「何がだ？」

「僕の振舞いは……見苦しくなかったでしょうか？　ランバート様に恥をかかせるような、無様な行動は、とっていなかったでしょうか？」

ランバートほどの家柄ではないとはいえ、名前や立ち居振る舞いから察するにハインツも貴族の出だ。

直接は何も指摘されなかったが、何か無作法があったら申し訳がない。

薫人がそう問えば、ランバートは口元を綻《ほころ》ばせた。

「何を心配してるんだ。プロレシア語は完璧だし、ナイフやフォークの使い方もとてもきれいだとハインツも感心していたぞ。足音一つ立てずに歩く姿といい、所作の一つ一つが優美だと褒めていたくらいだ」

「本当ですか？　良かったです」

思わず、胸を撫でおろす。

「僕の行動で、ランバート様のお名前に傷をつけるようなことがあったら申し訳なくて密かに気にしていたため、ランバートの言葉は素直に嬉しかった。

「……」

「全く……」

ギシリという音をたて、ランバートが寝台へと上がる。

「ユキがこの国の生活に馴染めるよう頑張ってくれていることは知っている。だが、全てに馴染む必要もなければ、俺への遠慮や気遣いは不要だ。俺はこの国での生活が、ユキにとって幸せなものであってほしいと思うし、出来ることはなんでもする」

薫人よりも高い目線にあるランバートの青い瞳は、真っすぐに薫人のことを見つめてくれていた。

「ランバート様……」

ゆっくりと顔が近づき、ランバートが薫人の頬へ優しいキスを落とす。

「今日は早く休もう。明日こそ街へ出かけたいからな」

「はい」

薫人も笑顔でランバートに頷く。

照明が落とされ、暗がりの中、ランバートの呼吸がとても近くに聞こえる。

薫人は視線を天井から、こっそりとランバートの方へ向ける。

温《ぬく》もりがすぐ傍にあるのに、自分たちが触れ合うことはない。

ここまで大切にしてもらっているのだ、十分ではないかとこれまでは思っていた。けれど。

ルイーゼさん、どんな人だったんだろう……。

ハインツの話を聞く限り、ランバートとは学友という関係だったのだろう。

留学、するくらいだもん。多分、とても頭が良くて、きれいな人なんだろうな。

ハインツは、ランバートにルイーゼを待たなくて良かったのかと言っていた。それだけ、はた目から見ても二人は仲睦《なかむつ》まじかったのだろう。

ルイーゼさんとは、そういうことも、していたのかな……。

考えると胸がちくちくと痛み、泣きたいような気分になってくる。

とにかく明日のためにも早く眠らなければ。けれど薫人はその日、なかなか眠りにつくことが出来なかった。


ルイーゼがどんな女性なのか、薫人は意図せず、それを知ることが出来た。

ハインツが屋敷を訪れてから数週間ほど経った頃、本格的な冬の準備をするため、ハンナが倉庫内のものを運ぶのを手伝ったのだ。

ハンナは恐縮して薫人に手伝わせることを最後まで辞退していたが、女性のハンナに力仕事をさせるのには薫人としては抵抗があった。

倉庫と言っても中は整頓されていて、あくまで使っていないものを保管している場所のようだった。中には、ランバートが学生時代に使っていた本棚もそのまま残されていた。

本棚にはたくさんの書物があり、ランバートがどれだけ勉強家であったかがわかる。

あ、この本面白そう……。ランバート様に頼んだら、貸してもらえるかな。

そんなことを思いながら本棚を見ていれば、その片隅に写真立てが飾られていた。

思わず手に取ってみれば、そこにはまだ若いランバートとハインツ、そして何名かの大型犬の獣人が写っていた。

ランバートの両隣には、ランバートに負けず劣らず顔立ちの整った男性と、そして美しい女性がいた。

あ……。

もしかして、と思った薫人は、倉庫内にいたハンナへと声をかける。

「あの、ハンナさん」

「はい」

「この女性って……どなたですか？」

ハンナが、薫人が持つ写真を覗き込む。確認すると、決まりの悪そうな顔をした。

「私の口から聞いたことは出来れば内密にしていただきたいのですが」

ランバートが何も話していないことを、口にすべきかハンナも迷ったのだろう。けれど、薫人の気持ちを慮って伝えることを優先してくれたようだ。

「勿論です」

「この方は、ルイーゼ様。ランバート様の婚約者だった方です」

ハンナの言葉に、薫人の表情が強張る。恋人だと思い込んでいたが、そうではなく婚約者だったのか。

「ルイーゼ様はランバート様の大学の後輩で、積極的にランバート様との婚姻も希望していました。家柄も釣り合っていたため、お二人の関係はうまくいっているように見えましたが、大学を卒業後、ルイーゼ様はブリタニア王国への留学を希望されて。その際にランバート様との婚約も解消されたんです」

「そう、だったんですか……」

説明を聞いている間、薫人は目の前の写真から目が離せなかった。

薫人が想像していた以上にルイーゼは美しく、自信を持った笑みでランバートの隣に立っている。

未だに外でランバートの隣に立つと、恐縮してしまう自分とはえらい違いだ。

こんな方が婚約者だったなら、僕なんて見劣りしちゃうのも当たり前だよね……。

それこそ、手を出す気持ちになどとてもならないだろう。

薄々わかっていたとはいえ、現実を突きつけられると改めて落ち込む。こんなことなら興味本位に写真など見なければよかった。

写真の中のランバートは笑みこそ浮かべていないが、神々しいまでに凜々《りり》しい。だからこそ、貧相な自分の外見との差を、感じてしまう。

「あの、ユキ様？」

「あ、はい」

黙り込んでしまったため、心配してくれたのだろう。ハンナが気遣わしげな表情で薫人のことを見る。

「ルイーゼ様は、確かにお美しくて立派な方でした。けれど、少々ご立派すぎて、私たち使用人は正直恐々としていました。時折遊びにいらした時でさえ、私たち使用人への態度が厳しくて……この方がランバート様の伴侶となって屋敷に入ってこられれば、もしかしたら辞める使用人も出てくるかな、と思っていたくらいです」

ハンナが、薫人の手から写真を受け取り、元の位置へと戻す。

「そんな感じでしたので……婚約解消をされたと聞いた時には、ホッとしてしまいました。確かに最初、ランバート様からユキ様をお迎えすると聞いた時には、少し驚きました。遠い東の国の方だという話でしたし、この国で暮らしていけるのかと心配になってしまったくらいです。けれど、ランバート様はユキ様が嫌な思いをしないよう、注意深く使用人たちの様子を見ていました。以前も少しお話ししましたが、解雇された獣人も一人いたのです。まだ働き始めて年数が浅かったのもありますが、あからさまに東の獣人への差別感情があったので」

「そう、だったんですか……」

わかってはいたが、この屋敷の居心地がとても良いのは、ランバートが薫人のために心を尽くしてくれたからだ。

「だけど、実際お会いしたユキ様はとても可愛らしくて、心根も素晴らしい方で。使用人たちも、ランバート様がお迎えになったのがユキ様で良かったと、皆言っているんですよ」

「ハンナさん……」

「だから、どうか気を落とさないでください。ランバート様が伴侶にと選ばれたのは、ユキ様なのですから」

そう言ってハンナは、その丸みを帯びた手で薫人の手を包み込んでくれた。

女性ではあるが、中型犬の獣人であるハンナは薫人よりも身長が高く、手の大きさも一回りほど大きい。

ハンナの掌《てのひら》に包まれると、凍えそうなほどの心細さを感じていた心が、少しずつ温かくなるような気がした。

僕は、ルイーゼ様の代わりにはなれない。だけど、それでもランバート様は伴侶に迎えてくれた。だからこそ、僕は僕に出来ることをしよう。それが、ランバート様への恩返しにもなるんだから。

ハンナに頼まれた倉庫の荷物を運びながら、薫人は自身の胸にそう誓った。

＊＊＊

その日から、薫人はこれまで以上に熱心に家の仕事や、勉強に力を入れるようになった。考えてみれば、プロレシアに来てからの自分は、あまりにも周りに甘えすぎていた。もう既にこちらの生活にだって慣れているのだ。出来るだけ屋敷の人々を手伝い、ランバートのために働かなければ。

「あ、あの……ユキ様。手伝って頂けるのは嬉しいのですが、お休みもとってくださいね」

これまで部屋で過ごしていた時間も積極的に何か手伝おうとする薫人に、ハンナはもちろん、使用人たちは皆困惑していた。言外に、困惑しているのも伝わる。けれどそれがわかっていても、薫人は何かしていたかった。薫人の態度があまりに熱心だったからだろう。くれぐれも無理をしないでくださいとは言われたが、寝室で本と向き合う時間以外は、積極的に屋敷の仕事を手伝わせてもらった。

ランバートも薫人が勉強したいと希望すればたくさんの本を届けてくれたため、薫人はそれらの本を貪《むさぼ》るように読んでいった。

こんな自分を受け入れてくれたランバートのためにも、とにかく頑張らなければ。文化も歴史も言語も、プロレシアのことも、もっと学ばなければ。

そう思い、常に気持ちを張りつめていたからだろう。

冬の寒さが厳しくなったある朝、薫人は自分の身体がひどく重たいことに気付いた。

どうしよう、起き上がるの、きついかも。

身体が重たく、寒気もとまらない。なんとか着替えて、部屋の外に出ようとするが、もはや立っているのさえ辛かった。

短い息を吐きながら、ゆっくりと足を進める。けれど。

あ……。

気が付いた時には、感覚がなくなり、薫人の身体がゆっくり下へと落ちていく。

「ユキ！」

いつの間に、起きていたのだろうか。ランバートの声が微かに聞こえ、床に倒れる衝撃を覚悟していたが、それも起きなかった。

ランバート、様……。

逞しい腕に抱き留められ、朧気《おぼろげ》な視界の中、ランバートの焦ったような表情が見えた。

そこで、薫人の意識は完全に途絶えた。

どこかで、話し声が聞こえる。朦朧《もうろう》とする意識の中、薫人は聞こえてくるプロレシア語に、必死に耳を傾けた。

「はい、大丈夫です。特別な病というわけではありません」

「だが……ユキは身体も小さいし……」

「身体も小さく、病弱そうに見えますが私たちと身体のつくりは一緒なんですよ。むしろユキ様の犬種は身体のつくりは強いくらいなんです。慣れないこちらの生活に、疲れが溜まっていたのでしょう。薬を飲んで、ゆっくりお休みさせてあげてください」

話の内容からして、おそらく医師なのだろう。嗄《しゃが》れ声の男性の言葉に、ランバートが礼を言えば「また、何かあればすぐに呼んでください」という医師の言葉と、ハンナの「お見送りいたします」という声が聞こえてくる。

扉が閉められ、医師とハンナの声が遠ざかっていく。広い寝室の中はいつも通り、薫人とランバートの二人きりになる。

薫人はゆっくり目を開け、寝台の横の椅子に座るランバートの方を向く。

「ランバート様」

「ユキ、気が付いたのか？」

「お仕事は……」

時計を確認したところ、時刻はまだお昼を過ぎたあたりで、本来であればランバートは公務に出かけているはずだ。

開口一番に発した薫人の言葉に、ランバートが形の良い眉を上げる。

「目の前でお前が倒れたのに、放っておけるわけがないだろう」

ああ、やはり休ませてしまったのだ。仕事熱心で、真面目なランバートが自分のせいで公務を休むことになってしまった。情けなさと申し訳なさで、泣きたい気持ちになる。

「お医者様も仰っていましたが、僕はもう大丈夫です。ご迷惑をおかけして申し訳ありません。どうか、これからでも公務へ出かけてください」

それだけ言うと、薫人はぐるりと寝返りをうち、ランバートがいる方とは反対側を向く。

「ユキ……」

薫人の名を呼んだランバートが、ため息をつく。

せっかく心配してくれたのに、素っ気ない態度をとってしまった。

幻滅されてしまっただろうか。そう考えると、ますます胸が痛くなる。

「最近、お前が屋敷の仕事を熱心にしてくれていたことは知っていた。無理をする必要はないと思ったが、お前は楽しんでいるように見えたから、黙っていたんだが……聞けば、庭仕事まで手伝っていたそうじゃないか？　瑞穂の国は、土地が豊かで草木に恵まれていると聞くし、お前も自然に触れたかったのかもしれない。だが、さすがにやりすぎだ。プロレシアに来てからまだ半年も経っていないんだ。子供じゃないんだぞ？　自身の能力を過信するな。向き不向きだってあるんだ。身体を壊してしまっては元も子もない」

言葉を選びつつ話してくれているのだろうが、ランバートの言葉は正しく、だからこそ薫人の心に鋭く刺さった。

一人で頑張って空回りして、こんな風にランバートの負担になって。自己嫌悪から、言い訳をする気にもなれない。

「……ユキ、いい加減こっちを向いてくれないか？」

何の言葉も発しない薫人に、ランバートがもう一度声をかける。

先ほどよりも、その声色は優しかった。

「嫌です。……今は、とても笑顔を見せられそうにありません」

そう言ってまた後悔をする。これでは、本当に子供のようだ。肩をすぼめ、毛布の中に顔を埋《うず》めようとする。けれど。

「え……わあ？」

ランバートの手が薫人の顔を包み込み、ゆっくりと方向を変えられてしまう。

改めてランバートの顔を見れば、穏やかな、優しい眼差《まなざ》しで薫人のことを見つめていた。

「初めて会った時と、同じ顔をしているな？」

「え……？」

「何かを懸命に我慢し、耐えている時の……今にも泣きそうな顔だ」

「あ……」

覚えていてくれたんだ。深い森の中、色々なことが重なり、ひどく絶望していた時の自分を思い出す。いっそ土に還ってしまいたいとすら思っていたはずだ。

そんな薫人の気持ちを上向かせ、希望を与えてくれたのはランバートだった。

「確かに俺はお前の笑顔を見るのが好きだ。可愛らしいと思うし、こちらの気分も楽しくなる」

そうだ。あの時のランバートの言葉があったからこそ、自分はどんな境遇になっても、常に笑顔を絶やさないようにしていたし、絶望もしないでいられた。それくらい、薫人にとって支えになった言葉だ。

「ただ、だからといってお前に無理をしてほしいわけじゃない。お前の国の獣人のように、俺は察しがよくない。辛い時や悲しい時には教えてほしいし、俺もお前がそんな思いをしないよう出来るだけのことはしたい。……どうして、こんなに無理をしたんだ？」

優しいランバートの言葉が、胸に染み入ってくる。彼の言葉は、どうして自分の心をこんなにも打つのだろう。

「少しでも、ランバート様のお役に立ちたかったからです」

掠《かす》れた声でそう言えば、ランバートが困ったように笑った。

「役に立つか立たないかでお前のことを考えたことはないが。朝起きたら自分の隣にユキがいて、仕事から帰ったら笑顔で出迎えてくれる、それだけで俺にとっては十分なくらいだが」

薫人を慰めるためでもあるとは思うのだが、ランバートは笑ってそう言うと、薫人の髪をそっと撫でた。

ランバートの言葉はとても嬉しかったが、大きな厚みのある手で触れられたこともあって、自身の心に影が落ちる。

「ですが……つがいとしての務めは果たせておりません」

「つがいとしての務め？」

「僕に、魅力がないから……」

口にすると、情けなさよりも恥ずかしさを強く感じてしまい、頬に熱が溜まっていく。

まだ日が高いうちからする話ではなかった。そもそも、この言い方では薫人が欲求不満なのかと思われてしまうかもしれない。

どうしよう、そういう意味ではないのだと伝えた方がいいのだろうか。

けれど、薫人の反応から、何を言わんとしているのかわかったのだろう。それまで穏やかな表情をしていたランバートが、どこか気恥ずかしそうに咳払いをした。

「悪かった」

そして、率直に一言謝ると、さらに言葉をつづけた。

「言い訳にしかならんのだが……ユキがそんな風に考えているとは思いもしなかった。すまない。そうだな、俺たちは伴侶であり、つがいでもあるのだから、隠し事をするのはよくないな。お前の体調がよくなったら、そのことに関してはきちんと話すから。とにかく今は、身体を回復させることを考えてくれ」

決まりが悪そうな顔をしながらも、ランバートは薫人に対して真摯に気持ちを伝えてくれた。

隠し事、という言葉に引っかかりを覚えてしまう。もしかして、やはり他に思う獣人……ルイーゼのことがあるのだろうか。

自分で聞いておきながら、いざランバートの口からそれを聞いてしまうと、おそらくひどく傷ついてしまうだろう。

やっぱり、話さない方がよかったかな……。

ランバートも、薫人が傷つかないよう気持ちを隠していてくれたのかもしれない。考えれば考えるほど、気持ちが落ち込む。

「わかりました……。ご迷惑をおかけして、本当にすみませんでした」

それでも、ランバートはきちんと薫人と向き合い、話をしてくれると言っているのだ。今更、聞きたくないなどということは出来ない。

覚悟を決めるためにもそう口にすれば、椅子に座っていたランバートがゆっくり立ち上がる。

「まずは、食事だな。朝から何も食べていないだろう？　何か、消化に良いものをハンナが作ってくれているはずだ」

「あ……」

行ってしまう。身体が弱っていることもあり、心細さから思わず声が零れてしまった。

「そんな顔をするな。すぐに戻ってくる。休みをとったんだ、今日は一日お前の傍にいる」

小さく笑んだランバートが、薫人の耳元へと唇を寄せる。

「それから、ユキはとても魅力的だ。お前の笑顔を見ると幸せな気持ちになるし、見つめられると俺の心が落ち着かなくなる」

甘い声で囁《ささや》かれ、薫人の頬がぱっと朱く染まる。

ドキドキとはやくなる鼓動の音を聞きながら、部屋を出ていくランバートの後ろ姿を薫人はずっと見つめていた。

5

療養している間、ランバートは仕事の時間以外は全て薫人の元で過ごしてくれた。

食事も部屋でとってくれたし、仕事に向かう時間ギリギリまで薫人のことを気遣ってくれ、帰宅をした後もずっと部屋にいてくれた。

どちらもあまり饒舌《じょうぜつ》ではないため、一緒にいてもそれぞれに本を読んでいたり、別のことをしていたりもするのだが、それでもランバートと同じ空間にいられることが嬉しかった。

また、薫人が退屈しないよう、ランバートはチェスやカードゲームといった遊びにも付き合ってくれた。

カードゲームは瑞穂の国にいた頃から知っていたが、初めて教わったチェスはなかなか刺激的で面白かった。

薫人は覚えが良いと褒められ、ランバートには敵《かな》わないまでも、そこそこの勝負が出来るようになった。

元々薫人は他者が隣にいると気を使い、気疲れしてしまうこともあるのだが、ランバートとは長い時間を共に過ごしてもそれを感じることがなかった。そして、それはランバートも同じだったようだ。

ちょうど、ノックと共にハンナが部屋に入ってきた時だった。その日は休日で、普段の疲れもあったのだろう。ソファで転寝《うたたね》をしてしまったランバートに、薫人が毛布をかけていると、ハンナはひどく驚いた様子でこちらの方を見ていた。

「お仕事、大変なんですかね？」

「それも、あるとは思うのですが……驚きました。ランバート様がこんな風に無防備にお休みになる姿を、初めて見ました」

そう言うと、ハンナは持ってきたマグカップを薫人へと渡してくれる。

「ありがとうございます」

薫人に笑顔を向けたハンナが、再びランバートに視線を向ける。

「生まれながらランバート様は音や人の気配に敏感で、人前で眠りにつくようなことは一度もありませんでした。それこそ、夜だって寝付けないことも多いとか……」

そういえば、狼の獣人は犬の獣人に比べて聴覚も視覚も敏感だと聞いたことがある。

ただ、少なくとも薫人が寝屋を共にするようになってから、ランバートが眠れないという印象は全くなかった。

僕が気付かなかっただけで、実際はよく眠れてなかったのかな……。

不安に思い、表情が曇る。そんな薫人の気持ちを、察してくれたのだろう。

「ユキ様には、それだけ心を許しているということなんでしょうね。最近は夜もぐっすり眠れるんだと、キーガンさんにも話しておられましたし」

ハンナが付け加えてくれた言葉に、少しばかりホッとする。

ランバートの役に立ちたいと思っている薫人としては、もしそうであればとても嬉しいと思った。

うん、たとえ夜伽《よとぎ》は出来なくても、他のことが出来ればいいかな。

午前中に来た医師からは、すっかり熱も下がったため、明日からは今まで通りの生活をしてよいと言われた。

つまり、ランバートからの話を聞けるという意味でもあった。

自分には欲情しないし、そういった目では見られない。もしかしたら、ランバートの口から出るのはそういった、薫人にとってとてつもなく悲しい言葉かもしれない。

だけど、薫人はそれでもランバートの言葉を受け止めようと思う。

身体を重ねるだけが伴侶じゃない、僕とランバート様のような関係だって、あってもいいよね。

心の片隅では寂しさを感じている自身に言い聞かせる。

「お食事の時間になったら、また呼びに参りますね」

ランバートのマグカップを机に置くと、ハンナは部屋を出ていった。

ソファに横たわり、瞳を閉じたままのランバートをじっと見つめる。

白磁の肌に、神々しいまでに輝く金色の髪、頭の上についている耳が、小さく動いている。

可愛い……。

毛布の位置をそっと元に戻し、薫人は絨毯《じゅうたん》へ座ると、ランバートが眠るソファへ頭を預け、自身も目を閉じた。

獣から獣人へと進化する過程でいくつもの変化があったが、その中でも交尾については顕著であるといわれている。

動物の交尾はあくまで子孫を残すためのもの、主たる目的は子作りだが、獣人にとっての行為はそれだけではない。

むしろ行為に求められるのは、つがい同士のコミュニケーションと、愛情の確認だった。

王族や身分の高い王侯貴族は子孫を残すことを求められるが、受胎率は高いこともあり、男女間でつがいになればその点が問題になることは滅多にない。

だからこそ、愛の確認のための行為だと見られている。

つがいによっては行為をほとんど行わないという場合も稀にあるが、基本的に獣性が残っているため性欲は皆ある。

だからこそ、薫人は自分に触れようとしないランバートに対して不安な気持ちを持った。

ランバートに求められていないということが、とても寂しく、まるで自分になんの価値もないように感じてしまったからだ。

それくらい、ランバートの存在は薫人の中で大きく、生きていく上での支えにもなっていた。今回の婚姻だって、ランバートに救い出されたようなものだ。

だから、薫人は待つつもりだった。

仮にもし、ランバートがまだルイーゼのことが忘れられず、薫人に対しそんな気持ちを持てないと言われたとしても、いつかは自分のことを好きになってくれるかもしれない。

たとえその日が来なくとも、ランバートの傍にいようと、傍にいたいと強く思っていた。

だから、ランバートの口からその言葉を聞いた時、薫人はこれ以上ないほどの大きな衝撃と、驚きを覚えた。

「このことは、両親以外の誰も知らないんだが……俺は、身体は反応することが出来ても、発情することが出来ない」

静かな寝室の寝台の上、互いの心臓の音さえも聞こえそうな距離で、ランバートが口にした言葉。

薫人は、その意味をすぐに理解することが出来なかった。

「この国では軍に入る際、いくつかの身体検査を受ける。俺は何の検査にも引っかかったことがないし、親しくなった医官にさり気なく聞いてみたが、生殖機能にも何の問題もないと言われた。身体にはなんの問題もないんだが、発情は出来ない。俺は不能ものなんだ」

淡々と、まるで何でもないことのように言ったランバートが自嘲する。

発情が出来るか出来ないか、獣人にとってそれはとても繊細で、重要な問題だ。通常、性行為を行う際、獣人はみな発情している。発情とは、獣人が本能で相手を求めるということでもあるからだ。

元々が獣だとはいえ、獣人には理性がある。だからこそ獣人は残った獣性を、獣の本能の部分をとても大切にしている。

勿論、理性や感情というものも重要視されてはいるのだが、発情は進化の過程でも残されたものだ。

そして、獣人の男性は強さを求められる。発情が出来ないということは、牙《きば》を失った獣と見なされ、獣人としては嘲笑の対象になることでもあるのだ。

しかしながら、発情が出来ない獣人は多くの場合性行為すら出来ないはずだ。けれど、ランバートの言い回しを考えれば、おそらく性行為自体は問題なく出来るのだろう。

ただ、それは心から求めているわけではなく、ランバートの強い精神力と身体能力の上でなせることなのだろう。発情していないのに行為を行うこと、それは大きな苦痛を伴うはずだ。それでも、行為さえしていればそれが周囲に知られることはない。

ただ、つがいともなると、そうはいかなくなる。

一般的につがいとなる際に気にするのは、犬種を含んだ相手の見た目、性格、相性といったものもあるが、中でも相手のにおいはとても重要なものとされている。

発情すれば、自然と相手のにおいも感じるようになるため、それが不快なものだと行為自体が難しくなるからだ。しかも、繰り返せば繰り返すほど、相手のにおいは強く感じるようになる。心地よい相手ならば問題ないが、不快な相手だと耐えられるものではないだろう。

逆に言えば、相手のにおいが全く感じられないということは、相手が発情していないということがわかってしまうということでもある。

さらに、発情を伴って行為をした場合、妊娠、受胎の確率がとても高くなる。つまり、つがい相手には発情に関しては隠し通すことは出来ないのだ。

発情が出来ない。狼の獣人として、周囲から崇拝と尊敬を受けるランバートにしてみれば、公にはとても出来ない秘密だろう。

ランバート自身も、それを薫人に言うのは、とても勇気がいったはずだ。

「今まで黙っていてすまない。話さなければいけないと思っていたんだが、お前は俺をとても尊敬してくれているようだし、幻滅されるかと思うと口に出せなかった」

申し訳なさそうに、困ったような笑顔をランバートが浮かべる。

「がっかりさせてしまったな……。役立たずのつがいで、すまない」

おそらく、薫人がショックから何も口に出来ないと思ったのだろう。

けれど、ランバートの言葉をすぐさま薫人は否定する。

「幻滅なんてしていませんし、がっかりもしてません。ただ、申し訳なくて……」

おそらくランバートは誰にも言いたくなかったはずだ。

何もかもが完璧で、羨望の的でもあるランバートが、実際はたくさんの努力をしていることを一緒に過ごしたこの数か月で薫人は誰より理解していたつもりだ。仕事にも熱心で、身体の鍛錬も忘れない。将軍の名に恥じぬよう、振舞おうとするその姿にますますの尊敬の気持ちを覚えた。

そんなランバートの自尊心を傷つけてしまった。

ルイーゼとの過去を知り、不安に思ってしまったことはあるが、ランバート自身は終わったことだときっぱりと口にしていたのに。結果的に、こんな風にランバートの他者に見せたくない部分を抉《えぐ》り出すようなことになってしまった。

自分自身の安易な行動を、これほど後悔したことはなかった。

「ごめんなさい、僕、何も知らなくて……」

謝っても仕方がないことだとはわかっているが、謝らずにはいられなかった。

「お前が申し訳ないなんて思う必要はない。悪いのは俺なんだ。先日も言ったが、お前自身に魅力がないわけでは……」

落ち込む薫人に対し、ますますランバートは言葉を重ねてくれる。決して薫人を責めるものではなく、むしろ薫人を気遣うための言葉だ。

「あ、あの！」

珍しく薫人が大きな声を出したことに、ランバートが切れ長の瞳を見開く。

「ランバート様さえよかったら……僕に試させて頂けないでしょうか？」

「試す？」

困惑した表情で、ランバートが薫人を見つめる。

なんと言えばいいのだろう。自分は、とても恥ずかしいことを言おうとしているのではないだろうか。

けれど、このまま聞かなかったことにして、やり過ごすことなんてどうしても出来ない。

「その……ランバート様に、触れさせていただけませんか」

自分よりも高い場所にあるランバートの顔を、必死で見つめる。弱い光の中、ランバートの瞳が僅かに揺れた。

「あ、あの。うまく出来るかわからないんですが……。一生懸命頑張ります」

寝台の上で畏まり、薫人が頭を下げればランバートが苦笑いを浮かべる。

「いや、別に頑張らずとも……そもそも、無理をしなくとも……」

「いいえ、やらせてください！　それであの……下着を、脱いで頂けますか？」

顔を赤くした薫人がぼそぼそと言えば、ランバートは観念したように下穿《したば》きを脱ぎ始めた。

薫人は視線を逸《そ》らしつつ、ランバートが脱ぎ終わるのを待った。

最初、薫人がランバートの下半身へと触れさせてほしいと言ったとき、勿論ランバートは反対した。

ただ、それは行為を嫌がるものではなく、単純に薫人にそんなことはさせられないという気持ちからだったようだ。

だから、「僕に触れられるのは、嫌ですか？」と薫人が聞いた。薫人にそう言われてしまえば、ランバートが拒否出来なくなるのが薫人にもわかったからだ。

ランバートの優しさを利用するようで少しの罪悪感はあったが、かといって放っておくことはどうしても出来なかった。

はしたないこと、言っちゃったかな……。

自分も男性であるとはいえ、改めて自分の発言を思い出して恥ずかしくなる。

ランバートも驚いていたし、一体何を考えているのだと、奇妙に思われたかもしれない。

そもそも、発情出来ないということはそういった気持ちになれないだけで、別に性行為は問題なく出来るのだ。

却《かえ》って無理をさせてしまっているのではないか。余計なことを言ってしまったのではないかと、考えれば考えるほど申し訳がなくなってくる。

「ユキ」

「は、はい」

ランバートに呼ばれ、慌てて視線を戻す。

「お前の気持ちは嬉しいが、本当に気にしなくていいんだ。俺は、お前が傍にいてくれるだけで十分幸せだ」

穏やかで、慈しむように薫人を見つめるランバートの眼差しはいつも通りの優しいものだ。最初の頃は見つめられると嬉しさと同時に恥ずかしさも感じていたが、今は心が温かくなり、とても幸せな気持ちになる。

だからこそ、ランバートのためにも自分が出来ることがしたかった。

「ありがとうございます。僕も、ランバート様のお傍にいられるだけで幸せです。でも、だから」

ゆっくりと薫人はランバートへと近づく。

「ランバート様に、触れさせてください」

顔を近づけると、ランバートが瞳を何度か瞬かせた。ふわりと、とても良いかおりを薫人は確かに感じた。

うん……やっぱりランバート様からはとても良いにおいがする。

「あ、あの……痛かったりしたら、言ってください」

いざ性器を目にすると、ランバートの顔を見るのが恥ずかしく、俯きがちに薫人は喋りかける。

お、思ってた以上に……立派だ……。

狼の獣人で身体の作りも大きいランバートの性器は、薫人が想像していたよりもずっと大きなものだった。

自分のものとは全く違う。反応をしていない状態でこんなにも大きいとは、思いもしなかった。

「身体の力を抜いてください」

横たわっているランバートの性器へ、薫人はゆっくりと手を伸ばす。

他人の性器に触れるのは、勿論初めての経験だった。

とにかく、気持ちよくなってもらわないと……！

不思議と、嫌悪感は全くといっていいほどなかった。心臓の音は早いが、それは気持ちが高ぶっているからだろう。

触れてみれば、薫人のあまり大きくはない手にあまるほど、ランバートのものは大きかった。

あ、温かい……。

自分は、どうすれば気持ちが良いだろう。決して性欲が強い方ではないとはいえ、薫人にだって自慰の経験くらいはある。

どう触ればランバートの快感を引き出すことが出来るか。丁寧に、優しく包んだ手を動かす。

単調にならず、かといって強くしすぎないように刺激をしよう。下生えを撫でたり、陰囊《いんのう》をさすったり。あせらずに、丁寧に何度か繰り返した時だった。

「……！」

ランバートの身体が小さく震え、指の中のものの硬度が増していく。

あ、反応してくれてる……。

ホッとしたというよりも、嬉しいという気持ちが強かった。

こっそりとランバートを盗み見れば、頬が僅かに紅潮している。無理やり反応させているわけではないだろう。

薫人は手を添えたまま、自身の身体の位置を変え、ランバートの長大なものに口元を近づける。

は、入るかな……。だけど、こうした方がランバート様も気持ちよくなってくれるよね。

「ユ、ユキ！　それは！」

ランバートも、薫人が何をしようとしたのかわかったのだろう。けれど、制止するランバートの言葉を聞かず、薫人はランバートの勃ち上がりかけたそれを口の中へと含んだ。

口に入れてみれば、思った以上に、ランバートのものは大きかった。それこそ、口から溢《あふ》れるのではないかとすら思うほど。瑞穂の国で、作法はある程度学んだはずなのだが、実際はこんなにも難しいのだと初めて知った。

性器を口に含むことへの抵抗はなかった。ランバートに気持ちよくなってほしいと、薫人の頭の中にあったのはそれだけだった。それに。

なんだろう……やっぱり、すごく良いにおいがする。

相性の良いつがい同士は、芳醇《ほうじゅん》なかおりを互いに感じることが出来るのだと聞いたことがある。薫人は、ランバートのにおいがとても好きだった。

舌でちろちろと舐《な》め、口を動かして屹立《きつりつ》を刺激する。そうすると、薫人の中にあるランバートの自身はさらに硬度を増していく。

「ま、待てユキ、それは……」

そこまでしなくていいのだと、ランバートの焦ったような声も、じょじょに小さくなっていく。

独特の粘着音が室内に響き、ランバートの口からは甘いため息が零れる。

口元にランバートのものを銜《くわ》えたまま、こっそりと薫人はランバートの顔を見る。

頬がほんのりと赤くなっており、何かを耐えるように表情をしているが、吐く息は短く、明らかに興奮を覚えていることがわかる。

よかった、気持ちよくなってくれてる……！

その時、ちょうどランバートが薫人の視線に気付いたのか、薫人の方を見つめてきた。

互いの視線が合い、そこでランバートのものがさらに大きくなる。

え……？

「ユキ、ダメだ口から離」

ランバートに言われ、咄嗟《とっさ》に口腔内にあったものを口から離した。そしてその瞬間だった。

白濁したものが勢いよくはなたれ、薫人の顔と、そして手へと付着する。

驚きながらも、温かくかかったそれを呆然《ぼうぜん》として見ていると、

「す、すまない！」

我に返ったのか、ランバートが手元にあった布で薫人の顔や手を優しく拭いてくれた。

「後で湯を持ってこさせる……」

気まずそうにそういいながらも、ランバートの頬は変わらず赤く、熱が溜まっていることがわかる。

「あ、あの……気持ちよかったですか？」

聞いてしまうのは野暮ではないかとも思ったが、ついそう口にしてしまった。

ランバートはますます顔を赤らめ。

「ああ、とても、気持ちが良かった。行為で、こんなに興奮したのは初めてだ」

ぼそぼそと、ランバートが呟く。

つまりそれは、発情も出来たということではないだろうか。

「良かったです……」

思わず呟き、ランバートに微笑みかければ、

「え？　わっ」

ランバートがその強くたくましい腕で薫人の身体を包み込んだ。勢い良く抱きしめられ、苦しいくらいだった。

これまでも何度か抱きしめられたことはあったが、こんなにも強く抱かれたのは、初めてのことだった。

「ランバート……様？」

一体、どうしたのだろうと胸の中で問いかける。

「ありがとう……ユキ」

ランバートが、薫人の耳元で小さく呟いた。

少し身体は苦しかったが、ランバートの厚い胸の中はとても居心地がよく、薫人は小さく頷いた。

発情と情欲が起こることは、生物としてのある種の本能だ。

薫人自身、それが欠けているからといってランバートに幻滅をしたり、がっかりしたりはしない。

けれど、ランバートはおそらく違う。

誇り高いランバートのことだ、他よりも自分が劣っている、損なっているということがどうしても受け入れられなかったのだろう。だから、頑《かたく》なに数か月の間秘匿し続けていた。

けれど結果的に、ランバートは発情が出来ないわけではないことがわかった。

ランバートが性的に興奮を覚えていたことも、発情していたことも薫人にはわかったからだ。

その日から、毎日というわけではなかったが、薫人は自然とランバートに触れ、発情を促した。

ランバートに自信を持ってもらえるように、何より、気持ちよくなってもらえるように。

行為はとてもいやらしいはずなのだが、薫人からはランバートと心を通い合わせるための、とても大切なことのように感じた。

そんな日々が、十日ほど続いた頃だった。

湯浴みを終え、寝台に入り、とりとめのない、ささやかな言葉を交わす。

今日はいつもよりランバートの視線が熱っぽく、もしかしたら行為を楽しみにしてくれているのかと嬉しくなる。

最初の頃は、やはりランバートも抵抗があったようだが、今は薫人の好きなようにさせてくれている。

小さく微笑み、ランバートの足元へと移動しようとすれば。

「あ、待ってくれ」

ランバートに腕をつかまれ、動きを止められてしまった。もしかして自分の勘違いで、今日はランバートもそんな気持ちになれなかったのだろうか。

そう考えると、途端に恥ずかしさがこみあげてくる。

「すみません。あの、勝手に勘違いをしてしまって……！」

好きものだと思われていないだろうかと、いたたまれなくなってくる。

「いや、そうじゃない」

けれど、ランバートはつかんだ手をそのままに、ゆっくりと薫人の顔を覗き込む。

「今日はその……、俺がお前に触れてみてもいいか？」

ランバートの青い、美しい瞳が真っすぐに薫人を見つめている。

言われた言葉の意味に驚きつつも、薫人は気が付けばこくりと頷いていた。


プロレシアに来てからも、寝巻として浴衣を身に着けていた薫人だが、下穿きだけはこちらのものに変えていた。

着物に西洋風の下着をつけることに少し抵抗はあったが、こちらの冬は寒いため、その方が良いだろうとランバートに言われたためだ。

気恥ずかしさはあったが、ランバートに負担をかけぬよう、すぐに下穿きを脱ごうとすれば。それはランバートによって止められてしまった。

「俺が脱がせてはだめか？」

「だ、だめではないです……」

そうは言ったものの、心臓はどんどん早鐘をうっていく。

着物の裾から、ランバートの大きな掌がするりと入ってくる。そのまま下穿きに手を伸ばすのかと思えば、ゆっくりと太ももをなぞられる。

「ユキの肌は、肌理《きめ》細やかでとても触り心地がいいんだな」

さわさわと、太ももや内またに触れられながら、耳元で囁かれる。

甘い声に、ぞくりと背中が震えた。顔を赤くして俯けば、耳元を舐められる。

「……！」

驚いて顔を上げれば、ランバートはそのまま薫人の下穿きに手をかけ、ゆっくりと脱がしていく。

羞恥心に耐えるため、思わず瞳を閉じれば、すぐに近くにあるランバートの顔が微笑み、息が微かにかかった。

浴衣の裾をはだけられ、足を大きく広げられる。

伸びてきたランバートの大きな手が、やんわりと薫人の自身を包み込む。

「大きさは違うとはいえ、俺と同じものがついているんだな」

悪気はないのだろうが、ランバートに比べれば、おそらくほとんどの男性は小ぶりだろう。

「当たり前です、僕も男なんですから……」

小声でそういえば、ランバートが薫人の性器をつかむ手に少し力を入れた。

「あっ……」

小さな刺激でも敏感な部分を触られ、思わず声が漏れてしまう。

「痛いか？」

「い、痛くないです……」

むしろ、気持ちがよいくらいだ。ただ、それを口に出すことも出来ずにいれば、ランバートはそのまま薫人の性器を摑《つか》んだ手を、ゆるゆると前後に動かしていく。

「はっ……あっ……」

陰嚢と性器を同時に触れられることが、こんなにも気持ちが良いのだと初めて知った。

どうしよう、声、我慢出来ない……。

考えてみれば、プロレシアに来てからほとんど自慰をしていなかった。

しかもここ最近はランバートの発情を高めることばかりに集中していたため、自身のことに無頓着だったのだ。

「ひっ…………あ……」

身体の力が、抜けていく。すぐに反応し始めた自身が、ランバートの手の中で勃ち上がっていた。

「ユキ」

優しく呼ばれ、ぼんやりとした頭でランバートの顔を見つめる。

「あ………」

ランバートの顔が薫人へと近づき、早急な動作で唇を重ねられる。

頬や額など、これまで何度もキスは落とされてきたが、唇に口づけられたのは初めてだった。

口づけは長く、ランバートの熱い舌がゆっくりと口腔内へと入ってくる。

戸惑いつつも、それを受け入れれば、長い舌が薫人の中に触れてくる。

気持ちが良い。そして何より、嬉しい。ようやく、ランバートと深い部分で繋がることが出来たような、そんな心境になる。

ランバートから求められることに、言いようのない幸せを感じた。

「んっ……」

舌を絡ませ、互いの口から出る艶液が混ざる音が耳に聞こえる。

身体は震え、その間もランバートは手の動きを止めることはなかった。

あっ、ダメ……我慢、出来ない……。

ランバートの手の中で、性器が大きく震え、濡れた先端から白濁が飛ぶ。

「あ……」

自身の白いものがランバートの手に付着しているのが視界に入り、ぼんやりとしていた意識がじょじょに戻ってくる。

「も、申し訳ありません……」

恥ずかしさと、申し訳なさで泣きたくなった。

「謝る必要はない、そもそも、お前がいつもしてくれていることだろう？」

「ですが……」

だとしても、あまりにもいたたまれない。

「ところで、申し訳ないんだが……」

少し決まり悪そうに、咳払いをしたランバートが口を開く。

「あ、はい」

「今度は、その……」

どことなく、言いづらそうなその表情から、薫人はランバートが言わんとしていることを察する。

「も、勿論です。今度は、僕がランバート様のお世話を」

自分ばかり気持ちよくなっては申し訳ないと、すぐに提案をすれば。

「いや、そうじゃないんだ。そうじゃなくて」

困ったように視線を逸らしていたランバートだが、首をかしげる薫人をじっと見つめて、そしてその重い口を開いた。

「お前の中に、挿れてもいいか？」

薫人が、その大きな瞳をさらに見開く。

「お前の反応が可愛くて、それを見ていたら俺の方も反応してしまって……お前の中に、入りたいと思ったんだ」

ランバートの言っている意味を理解した薫人の頰に、瞬く間に朱が散る。

「ダメか？」

「……ダメじゃ、ないです……」

ぽつりと、呟く。

不安はないわけではない。けれど、それ以上に薫人の中にあったのは喜びの気持ちだった。

浴衣は既にほとんどはだけてしまっており、ベッドサイドの頼りない光を頼りに、ゆっくりとランバートの腕が薫人の身体を触っていく。

首筋に唇を落とされ、鎖骨を舐められ、ランバートの唇に触れられるたびに、身体が悦《よろこ》んでいるのがわかる。

「初めて会った時にも思ったが、ユキからはとても良いにおいがする」

身体への愛撫《あいぶ》をしながら、ふとランバートが呟いた。

「え……？」

「嗅覚は良いはずなんだが、あまり他人のにおいを良いと思ったことがなかったんだが……お前だけは別みたいだ」

そう言うと、ランバートは薫人の胸元にある片方の尖りに、舌を這《は》わせる。

「あっ……！」

もう片方は指でつままれ、その刺激に、身体がビクリとふるえた。

ランバートの舌と巧みな指で繰り返し嬲《なぶ》られ、二つの尖りが起ち上がっていく。

「やっ……あっ……」

自分でも、信じられないくらい高い声が出たことで、慌てて薫人は手を自分の口元へと持っていく。

けれど、すぐさまそれに気付いたランバートによって止められてしまう。

「可愛い声を聴かせてくれ」

そう言われてしまえば、抵抗することも出来ない。

こくりと頷けば、そのままランバートが薫人の身体へと愛撫を続けていく。

室内は空調が整えられているとはいえ、肌を露わにすると少し肌寒さを感じたのに、身体の熱はどんどん高まっていく。

どうしよう、気持ちよくてたまらない。

ランバートに触られれば触られるほど、もっと触ってほしいと身体が要求する。

それがわかっているのか、ランバートも薫人の身体のあちこちにキスを降らせてくれる。

胸元から脇腹、そして下腹部へと移っていくと、ランバートは薫人の足を大きくその手で開かせる。

「ま、待っ……」

慌てて足を閉じようとしたのだが、ランバートの強い力にはかなわず、そのままランバートの唇は薫人の足の付け根に近づく。

「ひっ……！　あっ……！」

舌で後孔を舐められ、思い切り身体をよじる。

けれど、そんな儚《はかな》い抵抗などランバートには全く通じず、さらに舌で蕾《つぼみ》の入口を解《ほぐ》される。

確かに、これからすることを考えればその場所を柔らかくしなければならないのだが、サイドテーブルには香油も用意されているので、てっきりそちらを使われると思っていた薫人は戸惑った。

「ラ、ランバート様、そこまでして……ひゃっ……くのは……あっ……」

申し訳ないと、そこまでしてもらわなくていいと、そう言いたいのに言葉にならない。

「俺がしたいんだ。それに、お前のここは可愛いし、とてもきれいな色をしている」

ランバートが話すたびに、日頃触れることのないその場所に息がかかる。

「それに、お前のにおいがどんどん強くなっていくのがわかる。芳醇だがむせ返るような息苦しさはない、甘くて優しい……たまらないにおいだ」

ランバートが、確認するように薫人の肌へと鼻を近づける。

「だいたい、俺の大きさは知っているだろう？　お前に怪我《けが》をさせたくないんだ」

わかっている、ランバートが優しさからそこまでしてくれているのは。ただ、それでも。

「はっ……あっ……」

頭の中が、朦朧としてくる。すでに、抵抗など全く出来なくなっていた。

「痛かったら、言ってくれ」

ある程度解したそこに、ランバートの長い指がゆっくりと入ってくる。

「ん……痛く、ありません……」

異物感は、確かにあった。舌の柔らかさに比べると、指は胎の中に入っているのがしっかりわかる。

薫人が痛がっていないのを確認すると、ランバートが指を慎重に動かしていく。

「あっ…やっ………」

解され、拡げられていくうちに、指の本数が増えていくのがわかる。

くちゅくちゅという水音が自分の下腹部から聞こえ、いつの間にかそれすらも快感へとつながっていく。

もっと中までかきまわしてほしい。

「あっ……！　ひっ……はっ……！」

「悪いユキ、これ以上は俺も、我慢出来ない」

え……？

ランバートが下穿きを脱ぎ、下腹部が露出する。

薫人が今日一度も触れなかったそこが、見事なまでに勃ちあがっている。

香油を自身の屹立へとつけたランバートの先端が、薫人の秘部へと当てられる。

「身体の力を抜いて、息を吐いてくれ」

足を抱えられ、ランバートがゆっくりと腰を動かし、薫人の中へと挿ってくる。

「はっ……！」

わかっていたとはいえ、指とは比べ物にならないその大きさに、一瞬息が止まる。

「ユキ」

苦し気に顔を歪めたランバートが、薫人の額にキスをする。

かすかに鼻をかすめたランバートの汗のにおいが心地よく、薫人は大きく息を吐く。

するとそのままランバートのものがずぶりと薫人の中へと入ってきた。

「あっ……！　ひっ……！」

自身の後孔が、これ以上ないほど拡がっているのがわかる。けれど、圧迫感はあるが痛みは感じなかった。

短い呼吸を繰り返すうちに、ようやくランバートの剛直が薫人の中に収まる。

厚い胸に、強く身体を抱きしめられ、ランバートの長い尾が肌に触れるのが心地よかった。

「動くぞ」

耳元で囁かれ、薫人もしっかりと頷く。

「はっ……！　あっあっ……！」

長く大きいものが、薫人の中をかきまわしていく。

ランバートの腰が動き、その性急さに思わずランバートの腰へと手をまわしてしまう。

それに気をよくしたのか、ランバートが薫人の中を打ち付けるように前後に抽出を繰り返す。

「あっ……！　はっ……！」

互いの肌がぶつかる音を聞きながら、薫人の声色がますます高くなっていく。

「はあっ……あっ……！」

隘路《あいろ》をランバートの屹立が拡げていく。そして、奥の敏感な部分に触れると、まるで身体に電流が走ったかのような快感を覚えた。

「やっ……もうっ……ダメ………！」

あまりにも気持ちが良くて、自分でも何を言っているのかわからない。

とにかく、このままずっとランバートと繋がっていたいと、そんなことすら思っていた。

ランバートも腰を打ち付けながら、形の良い眉間に皺が寄っている。けれど、それは快感を耐えているためのものだということを薫人はもう知っていた。

「……悪い、出すぞ」

ランバートが、薫人の身体を強く、その逞しい腕で抱きしめる。

薫人の中に、ランバートの温かいものが流れ込んでくるのを、ぼんやりとした意識の中で確かに感じていた。

同時に、再び勃ち上がっていた自身の性器から飛沫《しぶき》がとんだことにも気付いた。

良かった……ランバート様、ちゃんと、発情出来て……。

ふわふわと、意識が朦朧としていくのを感じながら、薫人の胸はとても幸せで、いっぱいになっていた。

6

翌朝、目を覚ました薫人《ゆきひと》の隣にいたのは、気落ちした表情のランバートだった。

こんなに落ち込んでいるランバートの顔を見るのは初めてで、頭の上の立派な耳すら垂れ下がってしまっているように見える。

「昨日は、本当にすまなかった」

「え……？」

ランバートの言葉に、ドキリとする。もしかして、後悔しているのだろうか。

「あまりにお前が可愛くて、気持ちが良くて理性を失ってしまっていた。無理をさせてしまって、本当にすまなかった」

頭を下げるランバートを、薫人は唖然《あぜん》としたまま見つめる。そして、どうやら自分の予想は全く的外れだったことがわかり、ホッとする。

「そんな、謝らないでください。その……僕も、とても気持ちが良かったですから……」

言いながら、昨日の自身の姿を思い出して羞恥に顔が赤くなる。

微《かす》かに声がかすれてしまっているのは、昨日声を出しすぎてしまったからだろう。

あんな風に、それこそ己を失うほどに乱れたのは、初めての経験だった。

「そ、そうか。それは、よかった……」

薫人の言葉に、しょげていたように見えたランバートの表情が、明るくなる。

いつも通りの、神々しいまでに美しいその姿は、薫人にとっては眩《まぶ》しいくらいだった。

「僕も、ランバート様が気持ちよくなってくださって、とても嬉《うれ》しいです」

微笑《ほほえ》んでそういえば、ランバートは目を瞠《みは》り僅《わず》かにその頬を赤らめる。

「ああ。これまで生きてきて、あんなにも気持ち良いと感じたのは初めてだった」

ランバートの頬が緩む。それを、感慨深く薫人は見つめていた。

昨日、薫人がランバートの身体《からだ》に触れずとも、ランバートは発情することが出来ていた。

何がきっかけであったかは薫人自身わからないが、ランバートが自身を不能者だというようなことはもうないだろう。

「だが……その、発情出来るようになったとはいえ、これもなかなか困ったものだな」

「何がですか？」

「ユキを見ていると、抱きしめたくなるし、その身体を触りたくてたまらなくなってくる……」

「あ……」

本来、大型の獣人、特に狼《おおかみ》は性欲がとても強いと聞く。

口では言いつつも、実際は手を伸ばすことはないところは、ランバートの精神力と理性の強さゆえなのだろう。

「次からは、もう少し余裕をもって、お前の身体には極力負担をかけないようにする。だからその……」

言葉を選びながらも、ランバートが薫人の顔をじっと見つめる。

「無理にとは言わないが、これからも、ユキのことを抱かせてもらえるだろうか」

ランバートから真摯《しんし》に伝えられた言葉に、薫人はすぐに頷《うなず》くことが出来なかった。

考えてみれば自分たちはつがいなのだから、これからもそういった身体を重ねることがしごく当然ではあるのだが。

薫人はそれより、ただランバートに自信を取り戻してほしくて、そこまで考えが及んでいなかったのだ。

何も言わない薫人に、ランバートの表情が曇っていくのが目に見えてわかり、慌てて薫人はその小さな口を開く。

「勿論《もちろん》です……僕で、よろしければ」

「ユキが、いいんだ」

薫人の言葉に、すぐさまランバートが反応し、そう言ってくれた。

「お前は、俺のつがいだろう？」

熱っぽい瞳でそう言ってくれるランバートに驚きつつも、胸の中があたたかくなる。

つがい。その言葉が、どうしてランバートの口から出てきたのかはわからない。

責任感や義務感……もしかしたら、数か月共に過ごしたことへの愛着を感じてくれているのかもしれない。

けれど何より、ユキがいい、そうランバートに言ってもらえたことが薫人は嬉しかった。

「はい……これからも、よろしくお願いいたします」

小さな声でそう言えば、ランバートが優しく抱きしめ、額へとキスを落としてくれた。

ランバートの身体からは、ふわりと優しい、とても良いにおいがした。


「お帰りなさいませ！」

薫人が玄関へと迎えに出れば、ランバートが柔らかい笑みを浮かべる。キーガンが鞄《かばん》を受け取り、その場を離れていくと、薫人の頬に唇を寄せ、かぷりと甘噛《あまが》みをする。

「ひゃっ」

「悪い、痛かった？」

「大丈夫、少し驚いただけです」

あの夜を境に、ランバートとの関係は大きく変わった。

これまでもランバートは薫人のことをとても大切にしてくれていたのだが、そこには必要以上の遠慮と気遣いがあった。

おそらくそれは、ランバートが発情出来ないことを負い目に感じていたこともあるのだろう。

けれど、それが改善された今は、そういった気負いは一切なくなった。

甘噛みもその一つで、事あるごとにランバートは薫人の頬へと唇を寄せ、優しく噛むようになった。噛むと言っても力は入れていないため、痛みはないのだが、最初は驚いた。

なんでも狼の本能らしく、愛《いと》しさを感じる相手には、自然としてしまうのだという。

これまでは薫人を怖がらせないよう、我慢してくれていたそうだが、そういった遠慮もなくなった。

薫人自身、ランバートから甘噛みされると、くすぐったくも、嬉しい気持ちになった。

相変わらず優しいが、意外と厳しいことを言われることがあるのもその変化の一つだろう。

たとえば、薫人は大型の獣人に比べるとやはり体力がないため、仕事は出来る範囲で、無理のないようにときつく言われるようになった。

だけどそれは勿論、薫人の身体を心配してのことだ。

庭仕事が好きだといえば、それだけは時間を決めてさせてもらえるようになった。

瑞穂《みずほ》の国の実家の庭も季節ごとにきれいな花が咲いていたが、プロレシアの庭作りは瑞穂の国とは全く違った。

ランバートに言わせると、庭の美しさは他の西の国々、たとえばブリタニアに比べると少し華やかさに欠けるらしいのだが、そういった部分も薫人はとても気に入っていた。

時折ランバートも一緒に庭に出ると、薫人の育て方はうまいと褒めてくれた。実際、薫人にはどの花に元気があるのか、そうでないのかなんとなくわかるのだ。

寒さが厳しく、他の国々に比べると山地で冬が長いプロレシアの国の花は、気高く強い。

プロレシアの歴史は瑞穂の国に比べると長くはないが、その歴史はたくさんの苦難と悲劇に満ちている。

海に近く、海洋に出やすいこともあり、他民族や他国の侵攻を何度も受け、時に占領を受けたこともあった。

百年ほど前、現国王の曽祖父にあたる当時の王を国外へと亡命させ、その間に占領国から国を取り戻したのが、シュタインメッツ家だ。

救国の英雄の血を色濃く受け継いだランバートは軍での戦歴も華々しく、周りの貴族からも尊敬と、常に羨望の目を向けられている。

そのため、常にあちらこちらで行われているパーティーや夜会の招待を受けているようだが、それらへの参加も全て最低限にとどめているようだ。

元々、そういった場が得意ではなく、王宮内の政治・権力争いとは極力かかわりを持ちたくないというのが理由のようだ。

けれど、さすがにランバートが伴侶を持ちながらも一度も公式の場に連れ出さないことに、周りからは不満の声が出てもいたらしい。

「ガーデンパーティー、ですか？」

その日珍しく城から帰ったランバートは苦々しい表情をしており、仕事で何かよくないことが起こったのか心配したのだが、そうではなく、
王太子の提案により、近々ランバートの家でガーデンパーティーを開くように提案されてしまったようだ。

「ローデリック……王太子にはこれまで何度も断ってきたんだが、さすがに顔くらい見せろとせっつかれてな。このまま対面させず、下手な憶測を抱かれるよりは良いだろうと、押し切られてしまったんだ」

夕食を口にしながら、憮然《ぶぜん》とした表情でランバートが言う。

そういえば、こちらに来てからハインツには一度会ったが、公式な社交の場に出たことは一度もなかった。

そうだよね、東の小さな国の出身で、小型犬の僕を表に出したくはないよね……。

「す、すみません……。パーティーには参加しますが、なるべく表には出ないようにします」

申し訳なさそうに薫人がそう口にすれば、ランバートが訝《いぶか》し気な顔をする。

「どうしてだ？　お前のお披露目の場であるんだから、堂々としていたらいいだろう」

「ですが……ランバート様に恥をかかせるようなことはしたくありません」

言っていて情けなくなってくるが、それを言えばますますランバートは怪訝《けげん》そうな顔をし、

ついにはナイフとフォークを皿へと置いてしまった。

「恥？　どういう意味だ？」

「僕のようなものが、ランバート様の伴侶だと、ランバート様まで侮られてしまうのではないかと心配で……」

仕方ないことではあるのだが、ぼそぼそと、言いづらそうに薫人がそういえば、ランバートの凜々《りり》しい眉間に皺《しわ》が寄った。

「もしかしてお前、今まで俺がユキを公式な場に連れ出さなかったのは、俺がお前の存在を恥ずかしいからだと思っていたのか？」

薫人は、驚いたようにそう言ったランバートを見つめた。

ランバートの表情がとても苦しそうで、そして言葉からは強い怒りを感じたからだ。

「ご、ごめんなさい……」

なんで謝っているのか、わからなかった。けれど、ランバートが憤りを感じていることはわかったし、咄嗟《とっさ》に謝罪の言葉が口から出てしまったのだ。

「いや、すまない。悪いのはユキじゃない、そう思わせてしまった俺に非はある」

ゆっくりとため息をつき、ランバートが瞳を閉じる。

理知的で、冷静なランバートは、感情のままに相手を怒鳴ったりすることはほとんどない。

家の使用人がミスをしても、その場で叱ることはなく、後で呼び出して丁寧に注意しているのを何度か見かけたことがあった。

今も、おそらく強い怒りを感じているが、それを自身で制御しているのだろう。

だから、薫人もランバートの気持ちが落ち着くまで黙って待つことにした。

「きれいごとを口にしても仕方がないからはっきり言わせてもらうが、確かにこの国の獣人、いや西の国の獣人の中には東の国の獣人への差別感情を持つ者もいる。それは、東に比べて西の国々は目に見えて文明が発達しているからでもあり、姿やかたちは似ていても、髪や瞳、肌の色などが少しずつ異なっているからだ」

確かに、肌の色も目の色も、多様な西の国の獣人たちは往々にして華やかな外見を持っている。そんな獣人たちからすれば、黒髪や黒い瞳を持つ東の獣人たちは見劣りしてしまうのだろう。

「勿論、薫人の生まれた国は西の国々を習い、発展を遂げているし、固有の文化も持っているため、見直している者もいるが、それでもまだ侮っている者も少なくはない」

「はい……」

薫人にとっては辛《つら》い現実ではあるが、ランバートの言うことはもっともだ。

十年前よりはだいぶ改善されたことはわかるが、ランバートと街を歩いていても、少し物珍しいものを見るような視線を受けることもある。

ランバートには言ったことがないが、一緒に出掛けた際に、ランバートに買われた男娼《だんしょう》だと勘違いされたことすらあった。

瑞穂の国では士族の子として見られたこともあり、最初は誇りを傷つけられたような気持ちにもなった。

それでも、そういった見方をするのはごく一部の獣人だけだ。いちいち気にしていても仕方がない。何よりランバートは偏見なく、一人の獣人として薫人のことを見てくれている。

それだけで、薫人にとっては十分だった。

「だが、俺はお前の国の獣人が俺たちよりも劣っているとは思っていない。むしろお前はとても利発で、心根だって素晴らしく良い。東の国に偏見を持つような奴らは、それだけ視野が狭く、世間を知らないんだ。俺はお前への差別を絶対に許さないし、お前を見下すことは俺を侮蔑することと同じだと思っている。ユキを公式の場に連れ出すことを避けていたのは本当だ。そういったつまらぬことを言う者たちにお前が奇異な目で見られるのは本意ではなかった。ただ、それは決してお前を恥じているわけじゃない。悲しむお前を見るのが、お前の誇りが傷つけられるのが嫌だったんだ」

そう言ったランバートの表情は苦し気で、それを伝えるのは本意ではなかったことがわかる。

ランバートが、薫人に対して偏見を持っていないことはわかっている。

けれど、薫人を伴侶として公の場に出せば周囲の口さがない者たちからあれこれ言われるであろうことは薫人にもわかった。

それを、ランバートも厭《いと》うているのだろうと、そう思っていた。

けれどそうではなかった。

ランバートが薫人を公の場に出そうとしなかったのは、薫人のことを思ってのことだった。

無責任で無遠慮な獣人たちから守ろうと、極力気を使ってくれていたのだ。

「ユキ」

黙り込んでしまった薫人に、ランバートが優しく声をかける。

「外見の愛らしさは勿論、お前の心根の優しさや芯の強さを、俺は心から尊敬しているし、愛しく思っている。そして、誇りにも思っている。だからどうか、自分自身を貶《おとし》めるようなことは言わないでくれ」

ランバートの言葉が、すっと薫人の心の中に入ってくる。嬉しさで、胸がいっぱいになった。

「ありがとうございます、ランバート様」

ランバートが、ここまでの言葉をかけてくれたのだ。卑屈になってはならない。

「ランバート様のお気持ちは、よくわかりました。大丈夫です。もう、他の方々の言葉に、僕は傷つきません」

ランバートは、自分の存在を恥じるどころか、誇りにさえ思ってくれている。それだけで、薫人の心は強くなれる。

「パーティー、皆さんに楽しんでいただけるように、精一杯頑張ります」

そう言って微笑めば、ようやくランバートの表情にも笑みが戻り、静かに頷いてくれた。

＊＊＊

ガーデンパーティーの準備を、薫人はランバート、そしてハンナや屋敷の者たちと相談をしながら念入りに行った。

大使の息子でもある薫人は、過去には何度もそういった場には出たことがあるため慣れてはいるが、自らが主催をするのは初めてだ。

父がパーティーを主催することもあったが、当時子供だった薫人は使用人たちに指示を出す父の姿を見ていただけだった。

いざ自分がその立場になると、父の大変さが改めてわかる。

招待する獣人の顔や立場や役職、交友関係、さらに食事の好き嫌い。

それらを父はいつも徹底して調べていた。

それに倣うように調べようとする薫人に、ランバートはそこまでする必要はないのではと驚いていたが、薫人は出来ることはすべてやりたかった。

ランバートの友人や知人たちにパーティーを楽しんでほしいという気持ちはあるが、おそらく薫人の存在を侮っている者は少なくないはずである。

少しでも落ち度があれば目ざとく見つけられるだろうし、そうなればやはり東の国の人間だと笑われるはずだ。

薫人だけが侮蔑されるならかまわないが、そうなれば同時にランバートまで一緒に嘲笑されてしまうだろう。それだけは、どうしても薫人は避けたかった。

服装は、着物ではなく洋装を選んだ。ランバートは薫人の袴《はかま》姿をとても気に入ってくれているが、この国の獣人たちには馴染《なじ》みのないものだ。それよりも、この国の獣人たちのように洋装を着こなすことの方が重要だろう。

ランバートが薫人のためにたくさんの衣装を用意してくれているため、ランバートと、そしてハンナの意見も聞きながら、薫人は当日の服装を選んだ。

そして、熟考を重ねた末、パーティーの日はやってきた。

「いつもの衣装も美しいが、今日の服もとても似合ってる」

薫人の姿を見たランバートが、笑顔で言った。

「やっぱりお前の尾は可愛いな」

ぴょこんと出た尻尾を優しく撫《な》でることも忘れない。

「ありがとうございます」

ランバートの言葉に、気持ちが温かくなり、パーティーへの不安は随分なくなった。

屋敷の庭は広かったが、今回はあくまで近しい者たちだけの集まりのため、顔と名前は全て把握することが出来た。

ランバートの友人や職場の人間がほとんどだが、その中でも一番の主賓は王太子であるローデリックだろう。

「君がユキ？　話には聞いていたけど、ランバートはとても可愛らしい伴侶をもらったんだね」

銀に近い金色の髪に、ランバート同様に狼の耳を持ったローデリックは初対面の薫人にそう言って笑いかけた。

ランバートに比べるとやや低いとはいえ、長身で、優美なその外見はいかにも貴公子然としており、薫人は礼を言って微笑み返すのが精いっぱいだった。

優しく魅力的な笑みを浮かべながらも、ローデリックのどこか薫人を探るような瞳の奥の視線にも気付いてしまったからだ。

……なるほど、社交的で遊び人だと噂《うわさ》もあるとはいえ、評価が高いはずだ。

王太子という立場もあり、ローデリックの周りは常に人が集まっていたが、それぞれに対する態度を絶妙に変えている。

一度屋敷へ来たこともあるハインツは変わらず、親し気に薫人へと話しかけてきてくれたが、それ以外の獣人たちは、やはり好意的な者ばかりでもなかった。

「東の国の獣人は、進化についていけず、犬と知能も変わらないと聞いているが、君はこの国の言葉が喋《しゃべ》れるのかい？」

などという明らかに侮蔑した者もあれば、

「まだ若いようだけど、学校は出ているの？　そういえば、昨今の世界情勢に関してだけど……」

といった学識を探るような者。

ランバートが傍《そば》を離れた時を狙ってわざわざ薫人に話しかけてくるのだから、彼らもよくわかっている。

おそらく彼らが見たいのは、戸惑ったり、何も言えなくなったりする薫人の姿だろう。

勿論、それらは全て薫人にとっては想定の範囲内で、笑顔で受け答えをすることなど容易《たやす》いものだった。

「知能が劣っているかどうかはわかりませんが、プロレシアの言葉は西の国では最も古い言語で、とても興味深い文法形態だと思います。文法は一緒でも、発音が近隣の国と異なっているのも、特徴的ですよね」

言いながら、周りの国々の言葉をたとえに出して答えれば、相手は驚いたような顔をした。

これでも小さい頃から大使の息子として、いろいろな国の獣人と話しているのだ。日常会話程度なら、数か国の言葉を話すことが出来た。

「エリンシャ諸島をめぐる領有権の問題は、今後も問題となる可能性はあると思います。プロレシアが元々見つけた島ではありますし、実効支配を受ける前に、現地政府を樹立してしまうのも一つの手段かもしれません」

プロレシアへ向かう船の中で話した様々な国の獣人たちの話を思い出しながら、昨今の世界情勢に関しても自分なりの意見を口にする。

薫人の反応が予想と随分違っていたのだろう、怯《ひる》んでその場を気まずそうに去っていく者、感心をしてくれたのか、そのまま話を続ける者と、反応は様々だった。

薫人としても、別に彼らをやり込めたいわけではない。あくまで、ランバートの伴侶として恥ずかしくないよう、ランバートの名前を汚さぬことが一番の目的だ。

だからこそ、ただ黙って微笑んでいるだけではいけないこと、かといって、あまりに出過ぎた真似をして顰蹙《ひんしゅく》を買ってもいけないことはわかっていた。

そういった薫人の言動が功を奏したのか、パーティーが始まって数時間も経つ頃には皆薫人への過度な興味はなくしたようで、楽しそうに談話を楽しんでくれていた。

また、男性に対して女性は意外とそういった偏見が少ないのだろう。

男性のパートナーとして伴われてきた女性ゲストの中には、興味津々といった様子で薫人に話しかけてくる者もいた。

「東の国から来たっていうから、てっきりキモノが見られると思いましたのよ。その衣装も素敵だけど、少し残念だわ」

などと、好意的に話してくれる獣人すらいた。

「さすがユキ、うまく対応出来ているみたいだね」

招待客にひっきりなしに話しかけられていた薫人だが、周りに獣人たちがいなくなると、こっそりとハインツが話しかけに来てもくれた。

「君の評判、とても良いよ。飾っておくための人形を伴侶にしたのかと思えば、思った以上に聡明《そうめい》で機転が利くようだって」

「……ありがとうございます」

ハインツの言葉は嬉しかったが、残念ながら皆がそう思ってくれているわけではない。

元々ランバートに好意的なハインツのような獣人たちからは、実際そういった言葉もかけてもらったが、中には明からさまに不機嫌そうな顔をした者もいる。

家柄はランバートに引けをとらないものの、職場の地位においてランバートに大きく水をあけられてしまっている者たちだ。

そういった獣人たちからすれば、薫人の粗《あら》を少しでも探そうと必死なのだろう。

このまま平穏に終わってくれればよいが、おそらくそうはいかないはずだ。

晴れ渡った青空を見つめながら、そう思った薫人の予想は見事に当たった。

「そういえば、東の国へ仕事で出かけた友人に聞いたことがあるんだが、あちらでは客をもてなすために、ダンスを踊ったりもするんだろう？　俺たちにも見せてもらえないだろうか？」

パーティーも後半に差し掛かる頃。大きな声で、わざわざ周囲に聞こえるように言った男はニヤニヤと薫人を見つめている。

なるほど、そう来たか……。

瑞穂の国では来客を持て成す際に芸者を呼んだり、または自らが踊りを披露することもある。

それらは薫人にとっては決して恥ずべきことではないのだが、社交ダンスは別として、踊りというものはあくまで見て楽しむものだとする彼らにすれば、そういった慣習は奇妙にもうつるのだろう。

王や貴族に気に入られ、踊り子から妾《めかけ》となる女性も多いという話であるし、そういった印象を持たせたいのかもしれない。

「スチュアート、俺の伴侶を踊り子扱いする気か」

さすがに、すぐにランバートによって苦言が呈される。

「別にそういうわけでは。ただ、東の国には東の国の持て成しがあるのだろう？　こちらのホストとしての動きはよく学んでおられるようだし、せっかくだから見てみたいと思ったんですよ」

ようは、こちらの国の作法は身に着けているようだが、それだけでは面白くないと、そう言いたいのだろう。

ニヤニヤと、下卑た視線を向けてくるスチュアートと呼ばれた青年を、薫人は静かに見つめる。

ランバートは仕事の愚痴を薫人に話すことは滅多にないが、常に自分の意見に反対する獣人の名前がスチュアートだと話していたことがある。スチュアートがことごとく自分の意見に反対をしてくれているから、そのための対策や多面的な見方も出来るのだとランバートは言っていたが、薫人にしてみれば言い掛かりにしか感じなかった。

「なんの準備もしていないというのに、無茶を言うな」

「ああ、そこまで我々を楽しませるつもりはなかったと？」

まさに、ああ言えばこう言う。さすがのランバートも表情を険しくしているのがわかる。

ランバートはああ言ってくれているのだし、辞退をするべきなのはわかっているが、薫人としては、引き下がりたくないのが本音だった。

どうしよう……でも、無理に意見を通すのもよくないかな。

出過ぎた真似をするのはよくない。かといって、何もしないのも気が収まらない。

それまで穏やかに、朗らかに進んでいたパーティーの雰囲気も、二人のピリピリした空気により、なんとなく悪くなってしまっている。

「うん、それは素晴らしい余興だ。東の踊りなら、俺も見てみたいな」

そんな空気の中、あっけらかんと一人の青年が意見を口にした。

「ロ……王太子殿下！」

明らかに不服そうな顔をするランバートをさらりとかわし、言った張本人、ローデリックはにこやかに薫人へと笑いかけてきた。

「ユキ、頼んでもいいかな？」

その視線からは、嘲るような感情は感じられなかったが、かといって純粋な好奇心だけではないこともわかった。

ランバート様が言っていた、人心掌握に長《た》けているとはこういうことか。

ふざけているように見えて、周りの様子をよく見ていると、ローデリックのことをランバートは以前評していた。

おそらく、薫人が黙って引き下がりたくなかったというのを、ローデリックは察してくれたのだろう。同時に、薫人自身がどう出るのかにも興味を持ったはずだ。

「勿論です。皆さんに楽しんで頂けるかどうかはわかりませんが、精一杯舞わせて頂きます」

「……ユキ！」

無理をしなくていい、ランバートの表情はそう言っていた。けれど、薫人としては、降りかかる火の粉は自らの手で出来る限り払いたかった。

「大丈夫ですランバート様。すぐに着替えて参ります。それから……」

背を伸ばし、こっそりとランバートに耳打ちをする。

「それは、構わないが……」

「ありがとうございます」

首を傾《かし》げながらも、ランバートは了承してくれた。薫人はもう一度ランバートに礼を言い、そしてローデリックたちゲストの方に深く頭を下げると、屋敷に向かって歩き出した。

部屋に戻った薫人は、ブラウスとパンツを脱ぎ、クローゼットの奥底に仕舞ってある着物を外へと出す。

真っ白な着物と、黒に近い濃紺の袴。鮮やかな色合いのものを選ぶことも出来たが、敢《あ》えてはっきりした色を選んだ。

そして髪には、青色の手絡《てがら》を。普段から肌身離さずにつけているのだが、今日は洋装だったこともあり胸元に飾りとしてつけていたのだ。

「見ててね……美代《みよ》」

本来の手絡の持ち主だった、今はもう会うことが出来ない、けれど薫人の心に生き続けている少女へ誓う。

着物に着替え、屋敷の庭へと戻れば、会場の人々の視線が自分に集まっているのを薫人は感じた。

好意的な視線から、物珍しいものを見るような好奇な視線、そして、少しの侮蔑の視線。

心配げな表情のランバートが薫人に駆け寄り、こっそりと伝えてくれる。

「ユキ、ハインツには頼んでおいたぞ」

「ありがとうございます」

薫人がランバートに頼んだのは、古い赤い絨毯《じゅうたん》を庭に敷いてほしいということ、正賓室に飾ってある日本刀を借りたいということ。

それから、鼓を習っていると聞いていたハインツに、鼓の演奏を頼みたいということだった。

ハインツを見れば、正賓室に飾ってあった鼓をその手に持ってくれている。

「それから、よく似合っている。お前にはやはり着物が一番似合うな」

「……あ、ありがとうございます」

微笑んでそう言われ、嬉しさと恥ずかしさで頬が赤くなる。

そのまま絨毯の方へと真っすぐに向かえば、その片隅で椅子に座ったハインツが鼓を持っていた。

「あくまで趣味の範疇《はんちゅう》なんだ、あまり期待しないでくれよ」

「とんでもないです、ありがとうございます」

ハインツも知っているであろう、一番有名な曲のタイトルを言えば、まあそれならと頷いてくれた。

一体何が始まるのだと、見ている人々の視線がますます薫人へと集まる。

おそらく、見たこともない民族衣装と楽器が物珍しいのだろう。おそらく以前の自分ならば、プロレシア人たちからこれだけの視線を受けただけで、怖気《おじけ》づき、何も出来なくなってしまっただろう。

微かに聞こえる話し声も、笑われているのではないか、馬鹿にされているのではないかと、後ろ向きにばかり考えてしまっていたはずだ。

けれど、今は違う。

ランバートが気遣わしげな眼差《まなざ》しでこちらを見ている。ランバートが見守ってくれている、それだけで薫人は強くなれるような気がした。

居住《いず》まいを正し、ゆっくりと、丁寧に頭を下げる。

「これから披露するのは、剣舞という、瑞穂の国の伝統的な舞踊の一つです。スチュアート殿が仰《おつしや》っていたものとは少々趣は違うかもしれませんが、かつては武士の嗜《たしな》みの一つでもありました」

薫人がそういえば、人々の顔色が少し変わり、好奇にその瞳が輝いた。

武士は、西の国でいうところの騎士のようなものだと、プロレシアでは認識されている。

そんな戦いの象徴である武士の舞踊だということに、興味を持ったのだろう。

「どうか最後までご観覧頂けましたら幸いです」

微笑んでそう言えば、面白そうに様子を見ていたローデリックが手を叩《たた》いてくれた。それに倣い、形ばかりであるが他の招待客たちも拍手をしてくれる。

元々、瑞穂の国には雅楽や能を行う際に拍手をするならわしはなかった。

西の国の文化が入って初めてこういった拍手をするという形になったのだが、なかなか良いものだと薫人は思った。

拍手がやみ、ハインツに視線を合わせれば、最初の鼓の音が聞こえる。

タンッ　タンッ　タンッ
小鼓は、指の数や強さで様々な音を出すことが出来る。

ハインツの音は想像していたよりも良く、薫人は安心して音に集中することが出来た。

いつの間にか話し声は一切聞こえなくなっていた。剣を抜き、光る太刀《たち》筋を静かに見つめる。

数年ぶりの剣舞だった。武士の嗜みだからと幼い頃から習い、父が生きていた頃は何度も披露した。

もしかしたら、遠い異国の地で、父も自分の剣舞を見ることで、瑞穂の国に思いをはせていたのかもしれない。

三つ子の魂百までと言うべきか、最近はほとんど舞っていなかった剣も舞踊も、身体は全て覚えていた。

小鼓の音のみが聞こえる中、薫人は腕に剣を持ち、広い絨毯の上を丁寧に舞った。

瑞穂の国では師範から何度も褒められた薫人だが、この国の獣人たちにはどのようにうつるかはわからない。

けれど、剣は瑞穂の国の獣人の心だ。厳かに、優美に、ただ薫人は鼓の音に身を任せ、身体でそれを表現する。

時間にして、十五分足らずではあったと思う。

最後剣を鞘《さや》へと納め、元の場所に戻れば、その場は静まり返ったままだった。

……まずい、やっぱり、この国の人々にとっては退屈だっただろうか。

背中に、ひやりと汗が流れる。けれど、薫人が静かに礼をした瞬間、その場には割れんばかりの拍手が起こった。

「素晴らしい、人形のように愛らしいだけではなく、お前の伴侶はとても勇ましいんだな」

最も上機嫌だったのはローデリックで、隣にいたランバートに楽し気に話す。

王太子殿下のお墨付きを得たということなのだろう。みな、口々に薫人の剣舞を褒めたたえた。

曰《いわ》く、「まるで祭事のようだった」「幻想的だった」などなど、口々に賞賛してくれている。

ハインツなど、ぜひまた見せてほしいと小鼓を置くと真っすぐに薫人の傍まで駆け寄ってきてしまった。

さすがのスチュアートもこれ以上は何も言えなかったのだろう。引きつった笑みを浮かべて周りの獣人たちと談笑をしていた。

絨毯を降りれば、ローデリックとの会話を終えたランバートがすぐに薫人の元に来てくれる。

「とても美しかった」

短く、端的にそう言ったランバートの頬は、興奮からか、僅かに赤くなっている。その視線からは、嘘や偽りは一切感じられない。

「ありがとうございます。そう言って頂けて、とても嬉しいです」

無事に終えられてホッとした気持ちが一番ではあるが、ランバートが喜んでくれたことが何より薫人は嬉しかった。

「また、見せてもらえるか?」

「勿論です」

とにかく嬉しくて、幸せで。だから、薫人は気付かなった。

周囲の獣人たちの相手をしているローデリックが、意味深な瞳で自分を見つめていたことに。

7

身体を重ねる際、ランバートはいつも薫人の身体のことを考え、大切にしてくれている。

狼と小型犬という、元々の体格差も勿論あるが、ランバートはいくつもの戦いを潜《くぐ》り抜けてきた軍人だ。

筋肉のつき方からまず違っており、それなりに武術を嗜んでいる薫人でも、ランバートに比べると子供のようだった。

ただ、なんだか同じ男として少しばかりコンプレックスを刺激されるのも確かだった。

行為後、今日はたまたま意識が残っていたためランバートに身体を清められながらそんなことを考える。

温かい布で、ランバートは丁寧に薫人を拭いてくれている。

「僕も、もう少し身体を鍛えた方がいいでしょうか」

ふわふわとした気持ちよさと少しの眠気を感じながらそう言えば、ランバートの手がほんの一瞬止まった。

「体力作りがしたいのか？」

ぼんやりとした、独り言のような言葉だったのだが、しっかりとランバートは聞き取ってくれていたようだ。

「ランバート様に比べると、なんだか貧相に感じてしまって」

「そんなことはないだろう」

ランバートが笑って、薫人の手を自身の手でふわりと包み込む。

「全体的に華奢《きゃしゃ》ではあるが、筋肉もついているし、柔軟性だってある」

生真面目な顔でランバートは言うが、つい先ほどまで大きく足を広げていたことを考えると少々恥ずかしい。

「それに、手だって剣を握ることが出来る強い手だ。今日も城で偶々《たまたま》会ったやつに先日のことを言われたぞ。お前の剣舞は素晴らしかったと」

「あ、ありがとうございます……」

パーティーからすでに一か月近くが経《た》っているが、薫人の剣舞はある意味語り草になっているそうだ。

決して悪い気はしないのだが、即席で行った剣舞をそこまで褒められると少し面映ゆい。

そして、城と言ったときにほんの僅かであるが、ランバートの表情が曇ったことを、薫人は見逃さなかった。

聞いてよいことなのか一瞬逡巡《しゅんじゅん》したが、もしかしたら自分が関わっている可能性もあるため、問うことにした。

「……何かありましたか？」

「え？」

「今日は少し、上の空になっていらっしゃったので……」

薫人がそういえば、ランバートはその顔色をすぐに変えた。

「悪い、もしかして、御座なりに感じたか？」

どうやら、行為に関してのことだと思ったようで、薫人は慌てて首を振る。

「い、いえ。その、最中は……集中してくださっていました……」

言いながら、顔が赤くなってくる。既に何度も身体を重ねているにも拘わらず、素面《しらふ》で向き合うとやはり気恥ずかしさを感じてしまう。

「ただ、帰宅してから、いつもより考え事をされている時間が長く感じたので……」

ランバートが仕事の悩みを家に持ち帰ることはない。仕事が出来るため、そこまでの悩みがないというのが一番だろうが、何より切り替えがきちんと出来る性質《たち》なんだろう。

だからこそ、今日の様子は薫人も気になった。けれど、いざ口に出してはみたものの、そこでハッと我に返った。

「も、申し訳ありません。簡単に、お話し出来るようなことではないですよね」

国の中枢で、要職についている立場でもあるというのならたくさんの機密事項をランバートは抱えているはずだ。伴侶とはいえ、元々は異国の獣人である自分に、簡単に口に出来る内容ではないかもしれない。

「あ、いやそうじゃないんだ」

慌てて謝罪をする薫人に対し、ランバートはそれを穏やかに否定した。

「実は、国王陛下からの直々《じきじき》の呼び出しがあって、外務大臣の地位についてもらえないかという打診があったんだ」

ランバートの言葉に、薫人の呼吸が一瞬止まった。

「祖父は他の大臣職についていたし、俺もいつかはとは思っていたんだが……さすがに早すぎる気がしてな。今の部署に異動してからまだ一年も経っていないし、すぐに首を縦に振ることは出来なかった。ユキは、どう思う？」

まだ三十になったばかりのランバートに大臣位がくること、それくらいランバートの仕事が評価されているということであり、とても名誉だということはわかる。

言わなきゃ……僕も賛成ですって……。

心臓の音がはやくなり、手にはうっすら汗がにじんでいる。

「ユキ？」

黙ったままの薫人を訝し気に思ったのだろう、心配そうに、ランバートが薫人の顔を覗《のぞ》き込む。

「す、素晴らしいですランバート様……！　その御年で、大臣にと国王陛下自ら打診されるだなんて」

驚いて、すぐに言葉は出なかったんだと思ったのだろう。薫人がそういえば、ランバートの頬が緩んだ。

「そ、そうか……？」

よく見れば、頭の上の耳も少しとがったような気がする。

ランバート様、すごく嬉しそう……。

日頃はあまり喜怒哀楽を見せないランバートの様子に、薫人も嬉しい気持ちになる。

機密ではないとランバートはいったが、かといって簡単に話せる内容でもないだろう。

薫人のことを、信頼してくれているからこそ、話してくれたのだ。

ダメ……やっぱり僕には出来ない。

薫人は一呼吸を置き、ランバートの顔を真っすぐに見つめる。

「ですが、もしランバート様のお気持ちに迷いがあるのなら、今はその時ではないのかなとも思います」

「どういう意味だ？」

「現在ランバート様は軍の中でも、国の社会保障を向上させる役職についていらっしゃるはずです。長い戦争により、傷痍《しょうい》軍人となってしまった方、夫や息子、親を失ってしまった子供たち……そう言った方々の生活を安定させる仕事をなさっていますし、ランバート様もとてもやりがいを感じていらっしゃると思います」

それは、実際に戦場に立ったランバートだからこそ、出来る仕事でもあった。

「もし、ランバート様が現在のお仕事への未練がないのなら、大臣位を受けるべきだと思います。ですが、そうでないのなら、理由を国王陛下に説明してみてはいかがでしょうか」

薫人がそういえば、ランバートがその切れ長の瞳を僅かに大きくした。

「ごめんなさい……出過ぎたことを！」

確かにどう思うかとは聞かれたが、あまりにも自身の意見を言いすぎた。

「いや、謝らなくていい。謝らないでくれ。むしろ……俺はお前に感謝しなければならない」

「え……？」

「今の仕事が重要なものであることはわかっている。ただ……やはり、どこかで浮かれてしまっていたんだな。単純に、ユキは喜んでくれると思っていたし……」

「す、すみません」

やはり、余計なことを言ってしまったのだろうか。

「いや、だからそうじゃない」

ランバートが、その逞《たくま》しい腕で薫人を抱きしめる。

「ユキは、俺に思い出させてくれたんだ。プロレシアが国際社会において今の地位を築けたのも、俺がこの国の英雄と呼ばれるようになったのも、あの戦場で共に戦ってくれた仲間たちのお陰だ。そのことを忘れたことはなかったんだが……ユキに言われて初心に返ることが出来た。ありがとう」

ランバートの表情は晴れ晴れとしており、それが心からの気持ちであることがわかる。

「今回は辞退をする予定だが、いつか必ず、それ以上の地位につけるようこれからも誠心誠意働くつもりだ。プロレシアのため、そしてユキのために」

「僕のため……ですか？」

どうして、ここに自分の名前が出てくるのか。それがわからず、首を傾げる。

「ユキがいるから、俺はこんなに頑張ることが出来るんだ。それに報いるためにも、俺はより上の地位を目指そうと思う」

ランバートの言葉に、薫人の心が震える。

将軍という地位にありながらも、元々ランバートはそれほど出世や地位にこだわる方ではなかったはずだ。

けれど、その考えが変わったのはおそらく自分のためだ。

地位を失えば、やはり東の国から伴侶などもらうからだと、薫人のせいだと陰で笑われるのが、ランバートには許せないのだろう。

それくらい、ランバートは薫人のことをとても大切にしてくれている。

ランバートの気持ちは嬉しいし、とても幸せなことだと思う。けれと、薫人の胸はそれ以上に苦しくもあった。

「ありがとうございます、ランバート様」

そして、ごめんなさい。

ランバートの胸に抱かれながら、薫人は心の内で謝った。

……僕はあなたに、話せていないことがあります。

＊＊＊

ランバートに仕立ててもらったコートに、寒冷地用の帽子を被《かぶ》った薫人は、緊張した面持ちで高い城門の前に立っていた。微かに手が震えてしまっているのは寒さからではなく、おそらく緊張からくるものだ。

「そんなにガチガチにならなくても……王太子殿下には一度会ってるだろう？　取って食われるってわけじゃないんだからさ」

表情が強張《こわば》っているのがわかったのだろう、隣に立つハインツが小さく笑った。

「あの時には、他の方もたくさんおりましたし、それにランバート様も一緒にいてくださいましたし……」

ぼそぼそと、言い訳のように呟《つぶや》く。

「はいはい、一緒にいるのが俺で悪かったね」

「べ、別にそういう意味では！」

「いや、わかってるよ。ユキ君はちょっと真面目すぎるところがあるよね。ランバートもそうだから、あの朴念仁ともやっていけるのかな」

「ランバート様は朴念仁ではありません。とても誠実な方です。確かに、少し真面目すぎるところはあるかもしれませんが……」

そこまで言って、薫人は慌ててハインツの顔を見る。ランバートを朴念仁と言われてしまったため、反射的に否定するようなことを言ってしまったが、わざわざ同行してくれたハインツに対して失礼だったかもしれない。

けれど、薫人の心配をよそに、ハインツは肩を震わせ、懸命に笑いをこらえていた。

「あはは、ユキ君は本当にランバートのことが好きなんだね。まあ、それを言うならあいつもそうか。今日だって、わざわざ僕をお目付け役に送り込んだわけだし」

「お目付け役？」

今日、薫人が城を訪れたのは、王太子であるローデリックの招待があったからだ。

元々東の国々に興味を持っていたローデリックは薫人の剣舞にいたく感銘を覚えたようで、あの後も何度も薫人に会わせるようにとランバートはせっつかれていたそうなのだが。

それをのらりくらりとかわしていたら、正式に王太子として、瑞穂の国の言語や文化を学びたいという申し入れがきたのだという。

あまり表に出るのが好きではない薫人のためにランバートが断ってくれていたのかと思ったが、実際のところは違ったようだ。

「王太子殿下は昔から手が早くてね。あの顔で、しかも話し上手だから。ころっとみんな騙《だま》されるみたいだし、ランバートも心配だったんだと思うよ」

「そ、それは……僕には関係のない話だと思います」

ローデリックは確かに魅力的な外見だったが、薫人が心を動かされることはないし、何よりローデリックだって自分には興味がないだろう。

けれどそれを言えば、なぜかハインツはなんともいえない、困ったような笑みを浮かべた。

「まあ、いくら王太子殿下でもさすがに親友のつがいには手を出さないだろうけどさ。まあでも、念には念を入れて、俺も一緒に行くよう言われたってこと」

愛されてるねえ、とハインツは軽口を叩いてくれたが、薫人としては居たたまれない。

ランバート様、残念ながら、貴方《あなた》が思うほど僕はもてないと思います……。

赤面しながら心の中でそう思っていれば、ようやく城の門が開いた。

王都の中心地にあるサンルーシ宮殿は、現プロレシア国王一家の城であり、百年ほど前に建造されたものだという。

青い屋根にクリーム色の外壁は美しく、内装は想像した以上に広々としていた。

天井が……高い……。

いくつものシャンデリアが飾られ、壁紙には華やかな文様が描かれている。

絢爛《けんらん》豪華とは、まさにこういったものを言うのだろう。

大理石で造られているだろう、鏡のように光る床はきれいに磨かれており、歩くのがもったいないとすら感じてしまう。

迷子にならないように、気を付けないと。

既に何度も足を運んだことがあるのだろうハインツは宮殿内の様子に目を留めることなく軽い足取りで進んでいく。

いかにも文官らしい細身のハインツだが、身長は高いため油断をすると置いていかれてしまいそうだ。

建物から出ると広い庭があり、その先の、奥まった場所に王太子専用の執務室はあった。

当然ではあるが扉の前には衛兵が立っており、ハインツが説明をした後、薫人の顔を確認される。

重厚な扉が開かれ、ローデリックは、王太子専用の執務室で薫人と、そしてハインツを待っていてくれた。

「いらっしゃいユキ。……で、なんでお前までいるの？」

一応三人分のコーヒーは用意してくれているものの、ローデリックのハインツを見る目は胡乱《うろん》げだ。

「ランバートから頼まれたんですよ。王太子殿下は手が早いから心配なんですって」

「ハ、ハインツさん……」

ランバートとローデリックの仲が良いことは知っているが、遠慮のないハインツの言葉に薫人の方が困惑してしまう。

「あいつ、意外と独占欲強かったんだな。確かにユキは可愛いけど、さすがに俺だってそれくらいの節度は持ってるよ？」

ローデリックといえば、ハインツの言葉を気にした様子は全くなく、薫人とハインツに席へと座るよう勧めてくれる。

可愛い、という言葉に少し引っかかりは覚えたが、ローデリックのような大型の獣人からすれば小型犬である薫人は小さいというだけで可愛く見えるのだろう。

特に薫人は同じ瑞穂の国の獣人から見ても童顔であったため、この国では子供のように扱われることも珍しくない。

ランバートの心配をよそに、ローデリックは熱心に薫人に質問した。瑞穂の国の文化への理解が深く、実際に興味があるようだった。

「他の東の国々はみんな他の国の植民地か保護国になってしまっている。そんな中、独立を守っているんだ。どんな国か気になるのは当然だろう？」

既にプロレシアと瑞穂の国の国交が結ばれて、四十年ほど時が経っている。

両国の交流は進んでいるが、いかんせん地理的にも遠すぎるため、情報は少ない。

だから薫人は、少々特異ともいえる瑞穂の国の歴史や文化、そして現在の状況の一つ一つを丁寧に説明することにした。

この国の王太子であり、次期国王であるローデリックに瑞穂の国について知ってもらうのは、両国の関係において大変有意義なことだ。

ローデリックは聞き上手でもあったが、理解力も高く、笑顔で鋭い問いを投げかけられることが何度もあった。

諸外国との関係はもちろん、ここ数十年で整備された国内法に関する質問も多く、そのたびに薫人は冷静に、根気よく説明を行った。

ローデリックがそうでないことはわかっているが、東の国々は未開で野蛮な国であるという印象を持っている者も少なくはない。

だからこそ、そういったイメージを少しでも改善出来ればと薫人は思ったのだ。

二人の話は思った以上に白熱し、そして予定よりも長くなり、気が付けば昼食の時間になっていた。

そのままローデリックの執務室で三人で食事をとったのだが、ハインツは午後から他の仕事が入っているらしく、名残惜し気に部屋を退室していった。

二人の様子を見て、ランバートが心配するようなことはないと思ったのだろう。

実際、薫人も最初は緊張したものの、ローデリックが話しやすい空気を作ってくれたため、時間が経つにつれだいぶ気持ちが楽になった。

けれど、ハインツが退室してしばらく経った頃、ローデリックの顔つきが明らかに変わった。

「ユキは本当に健気《けなげ》で、一生懸命だね。この国にはまだ差別や偏見だってある。嫌な思いもしただろう？　それにもかかわらず、瑞穂の国と、そしてプロレシアのことをとても考えてる」

にっこりと魅惑的な笑みを浮かべるローデリックからは、つい先ほどまでの飄々《ひょうひょう》とした雰囲気はなくなっていた。

美しく、魅力的ではあるが、その笑みはどこか恐ろしくもあり、薫人の表情が固まる。

「ねえユキ。俺なら、君の望みをかなえてあげることが出来るよ？」

しかも、簡単にね。

頬杖《ほおづえ》をついたローデリックが、薫人の顔を覗き込むように見つめる。

ローデリックの瞳に、表情を強張らせた自分の姿がうつっている。

薫人はしばらく何の言葉も発することが出来なかった。

＊＊＊

屋敷の庭を、子供たちが元気に駆け回っている。

年齢の幅は五歳から十歳と少し離れてはいるが、基本的に獣人の子供は外を走り回るのが好きだ。

特に三人とも狼の獣人だということもあるのだろう。

先ほどからずっとかけっこや様々な遊びをしており、目まぐるしく動き回っている。

「やっぱり、広い庭があるといいわねえ……」

薫人の隣に座った女性が、子供たちを見つめながら眩しそうにそう言った。

「街からは少し離れていますが、子供たちにとっては格好の遊び場ですよね」

「そうなのよ……私も今は身体がこんなんだからなるべく便利なところに住みたいんだけど、この子が産まれたらもう少し広い庭のあるお家に引っ越そうかしら」

女性は楽しそうにそう言うと、優しく自身の大きなおなかを撫でた。

「おい、本気で言ってるのかヴィクトリア？　買い物がしやすい街中が良いと言ったのは君だろう？」

二人の会話が聞こえていたのだろう。

隣のベンチに座っていた男性が口をはさんでくる。

「やっぱり子供を育てるなら長閑《のどか》な場所の方がいいわよ。ね？　ユキさんもそう思うでしょ？」

同意を求められ、薫人は曖昧《あいまい》に頷く。

「どこかに良い屋敷があるか、聞いてみるか？」

二人の会話をなんとなく聞いていたランバートが問えば、

「どうせいつものヴィクトリアの思い付きだろう、気にしなくていい」

と隣に座る男性が言い、ヴィクトリアは思い切り顔を顰《しか》めた。

ランバートの隣でヴィクトリアに苦言を呈したのはクローヴィス。ランバートの三つ下の弟だった。

長身で、背格好もランバートによく似ているが、どちらかといえば寡黙なランバートに対し、クローヴィスは饒舌《じょうぜつ》だ。

しかも、思ったことは全て口に出さなければいられない性質のようで、初対面の時には薫人は思い切り舌打ちをされ、あれこれと嫌味を言われた。

『東の小国の小型犬で、しかも男のお前がどうして兄上の伴侶なんだ』

『その耳の色はなんだ、見たことがないぞ』

『なんで兄上がお前なんかを選んだ』

などなど、おそらくランバートに憧れる獣人たちはみな内心思ったことであろうが、相対してストレートに言われたのは初めてのことだった。

あまりにも清々しいくらいにはっきりと言われてしまったので、それこそポカンとして、すぐには反応も出来なかったくらいだ。

勿論、聴覚の優れているランバートは全て聞き取っており、その場で激高してクローヴィスは屋敷を追い出されそうになった。

こんなにも怒ったランバートを見たのは初めてだったらしく、クローヴィスはすぐさまその場で薫人に対して謝罪をした。

とはいえ、それで許すランバートではなく、しばらく出入り禁止だとも言われたのだが、薫人と、そしてヴィクトリアの執り成しによりなんとかその場は収まった。

薫人に明らかに良い印象を持っていなかったクローヴィスと違って、ヴィクトリアは最初から優しく、好意的だった。

クローヴィスの無礼な態度を心から謝り、どうか仲良くしてほしいと微笑まれた。

ヴィクトリアも狼の獣人だということもあり、女性にしては大柄なのだが、本人はそれを少し気にしているらしく、小柄な薫人が可愛くて羨ましいと熱心に語られた。

最初は薫人に対して懐疑的だったクローヴィスも、そういったヴィクトリアとのやり取りや屋敷の人間の話を聞き、薫人の印象が変わったのだろう。態度も、少しずつ改善されていった。

そして、今日は来月に出産を控えているヴィクトリアが、その前に子供たちを思いきり外で遊ばせてあげたいと屋敷に連れてきたのだ。

大きなお腹を抱えたヴィクトリアは、歩くのも大変そうだが、とても幸せそうに見え、薫人の方まで嬉しくなった。

「ユキー」

「一緒に遊ぼう！」

ベンチに座っている薫人の元へ、三人の子供たちが駆け寄ってくる。

三人からすると、薫人はこの中で一番年齢が近く、さらに小柄だということもあり遊び相手のように思っているのだろう。

遊びに来た際には、薫人は三人と一緒に遊ぶのが恒例になっていた。

「こら、貴方たち。無理を言わないの」

家の中で遊ぶならともかく、外を走らせるのにはヴィクトリアも気が引けたのだろう。

けれど、薫人はそれに対して慌てて首を振った。

「丈夫ですよ。うん、一緒に遊ぼう」

にっこりと薫人が笑いかければ、三人は途端に笑顔になり、それぞれが薫人の腕を引っ張っていく。

「わっ」

手をつなぎ、子供たちと一緒に走り始める。さすが狼の獣人の子供なだけあり、皆すばしっこいため、追いかけるのはなかなか大変だった。

それでも、懐いてくれる子供たちはとても可愛らしいため、三人と遊ぶのは薫人の楽しみの一つにもなっていた。

特に、最近はローデリックとのこともあり、密《ひそ》かに落ち込むことも多かったのだ。三人と走り回ることは、薫人にとって良い気分転換にもなった。

「何をして遊ぼうか？　みんなで追いかけっこをする？」

自分の両手を摑《つか》む子供たちに、話しかける。

「追いかけっこもいいけど、決闘ごっこもいいな」

軍国でもあるプロレシアの子供たちの遊びは、なかなか勇ましい。

「決闘？」

「そう、勝った方がユキをお嫁さんに出来るの！」

「ええ？　そんなことをしたら伯父上《おじ》に怒られるよ？」

「だったら伯父上と決闘しようか」

「無理だよ、伯父上は将軍様だよ？　とっても強いんだから」

「じゃあ、三人で協力して戦おうよ」

三人の会話が可笑《おか》しくて、薫人は笑いを堪《こら》えきれなくなってしまう。

その時、ふと薫人の耳に、ランバートたちの会話が聞こえてきた。

「可愛いだろう？」

子供たちを見つめながら、クローヴィスが問いかける。

「ああ、そうだな」

ランバートも静かにそう答えた。

「可愛いだけじゃなくて、大変なのよ！」

二人の会話に対し、すぐにヴィクトリアが口をはさむ。クローヴィスは仕事が忙しいらしく、使用人がいるとはいえ、子育てはほとんどヴィクトリアが担っているそうだ。

そんなヴィクトリアからすれば、可愛いだけで済ませてもらってはたまったものではないのだろう。

ヴィクトリアの言葉に、クローヴィスが笑う。

二人の会話と、そしてランバートの言葉に、薫人の気持ちが少し暗くなる。

ランバート様も、自分の子供が欲しかっただろうな……。

戦争で親を亡くした子供たちの元へ、ランバートが記念日にはプレゼントを贈っていることを薫人は知っている。

元々が、子供好きなのだろう。クローヴィスが子供を連れてきている時にも、いつも楽しそうな顔をしている。

自分が男だということをランバートは知って、それでも伴侶にと迎え入れてくれた。

ランバートも薫人が子供を産めないことは承知の上なのだろうが、それでも薫人の心は沈んだ。

8

ローデリックとのある種の交流会は、あの後も定期的に行われていた。

ハインツから話を聞き、ランバートも特に問題ないと思ったのだろう。

薫人が嫌でなければ、これからもローデリックとの交流を続けてほしいと言われた。

なんでも、ローデリックは薫人の能力を高く評価しているらしく、それがランバートは誇らしいのだという。

そんなランバートの気持ちは嬉しいし、薫人自身ローデリックと話すのは楽しい。

けれど月に二度の対面は、薫人にとって憂鬱でもあった。

おそらくそれは、ローデリックの本心がどこにあるのか摑めないからだ。

……やっぱり、ランバート様に全てお話しすべきなんだろうか。

ランバートなら事情を話せば全てわかってくれるような気もする。

けれど、そこまで何もかもランバートに甘えるのは少々気が引けた。

「ユキ？　食欲がないのか？」

「へ？」

気が付けばランバートをジッと見つめてしまい、いつの間にか手が止まってしまっていたらしい。

「いえ。少しぼうっとしておりました」

心配げに自分を見るランバートに誤魔化すように微笑み、再びパンにバターを塗る。

「そういえばユキ」

「はい」

「来週、母上がユキを屋敷に招待したいと言ってるんだ。俺も一緒に行けたらいいんだが、その日は遅い時間帯の会議が入っているため、行けそうにない。……今回はやめておくか？」

おそらく、薫人が乗り気でなければランバートは断るつもりなのだろう。

ランバートの言い方からは、薫人に判断は委《ゆだ》ねるものの、嫌なら無理をする必要はないと、そういう優しさを感じた。

お義父《とう》様と、お義母《かあ》様に、僕だけで……。

ランバートの父親とは最初に挨拶したきり会ったことはないが、実は母親の方は時折屋敷へ立ち寄ってくれている。

最初はどこか薫人に対して余所余所《よそよそ》しく、他人行儀だったが、回数を重ねるにつれ少しずつ改善されていった。

今では、街で評判のお菓子を薫人のためにお土産にと持ってきてくれたりもする。

「いえ、大丈夫です。せっかくお誘い頂いたので、お伺いしようと思います」

薫人がそういえば、ランバートは僅かに嬉しそうな顔をしたものの、くれぐれも無理はしないようにと気遣うように声をかけてくれた。

あくまで結婚したのは自分なのだから、親のことは気にしなくていいとランバートは最初から言ってくれている。

義母であるソフィアの性格は気難しく、ヴィクトリアでさえ結婚した当初は苦労したことを知っていたのだろう。

こういったところは、どこの国も変わらない。実家にいた頃、千代《ちよ》から姑《しゅうとめ》と暮らすことがどんなに大変か聞いていたこともあり、それに比べれば自分は随分と恵まれた立場だと思う。

何より、たとえ自分だけでもいいからとソフィアに招待されたことが薫人は嬉しかった。

ランバート様の小さい頃の話、また聞かせてもらおう。

卑屈にならず、あくまで前向きに。薫人は一週間後の訪問を、楽しみに待つことにした。

＊＊＊

その日はランバートの帰宅時間が早いとあらかじめわかっていたため、薫人はハンナと一緒に様々なメニューを作っていた。

本人からは一切何も伝えられなかったが、ランバートの誕生日であることを母であるソフイアは事前に手紙で知らせてくれたのだ。

ハンナは薫人が知っていると思い込んでいたらしく、その話を薫人がすれば、ディナーのメニューは何がよいかと二人で考えることになった。

暖かくなってきたこともあり、庭に咲いているたくさんの花を部屋いっぱいに飾った。

ディナーのメニューも、ランバートの好物ばかりだ。

ランバート様、喜んでくれるかな……。

驚くランバートの顔を想像しながら、薫人はガスオーブンへ火を入れる。

そのまま台所を出て正賓室へと向かおうとすれば、玄関口から口論のようなものが聞こえてくる。

まだランバートの帰宅予定時間までは一時間ほどあるし、そもそもランバートであれば玄関先で言い合いになるようなことはないだろう。

どうしたのかと立ち止まっていれば、一人の女性と、その後を追うように後ろを歩くキーガンの姿が目に入った。

「あら、見ない顔ね。新しく雇ったの？　大丈夫なの？　東の獣人でしょ、その子……」

薫人を視界に入れたその女性は長身で美しく、頭の上にはきれいなシルバーの耳がついている。

金色の髪に薄い青い瞳を持った女性の顔には、見覚えがあった。

「ルイーゼ様、この方は使用人などではありません」

「はあ？　じゃあなんなの。まさか、愛人とか言うんじゃないでしょうね。信じられない、私がわざわざ途中で留学をやめてまで、帰国してあげたっていうのに」

やはり、ランバートの元婚約者のルイーゼのようだ。

真っ赤な外出用のドレスをまとい、その手には大きめのバッグが持たれている。

街で時折見かける、近代的で先進的な女性の出で立ちだ。

「ですから」

「キーガンさん、とりあえず客間へ通して差し上げてください」

キーガンが苛立《いらだ》ちを感じているのはわかるが、相手の身分や立場を考えれば強く言うことは出来ないのだろう。

かといって、ここで薫人が強硬な態度に出たところで、ルイーゼは反発するだけだし、貴族の令嬢であるルイーゼを無下に扱うわけにもいかない。

仕方なく、ランバートが帰宅するまで客間で待ってもらうことにした。

「話がわかるじゃない。プロレシア語もわかるようだし、これからも雇ってあげてもいいわよ」

薫人に不敵に笑いかけると、ルイーゼはキーガンに案内され、客間へと歩いていく。

高いヒールのカツカツという音を聞きながら、薫人は小さくため息をついた。

「なんで君がここにいるんだ？」

キーガンから説明を聞いたのだろう。帰宅したランバートは、客間へ真っすぐに足を運んだ。

まさに、今帰ってきたばかりなのだろう。コートも脱ぎかけだったらしく、脱ぎ終わるとすぐに後ろに控えていたキーガンへと無言で手渡す。

厳しく、鋭い視線はルイーゼに真っすぐに向けられていた。

「何って……久しぶりに会った婚約者に随分な態度じゃない？　わざわざ……」

「元、婚約者だろう。君との婚約は三年も前に解消されたはずだ。君の両親だって納得していたし、そもそも婚約破棄を申し出たのは君だったはずだ」

これまで聞いたことのないようなランバートの静かながらも怒気を帯びた声色に、思わず薫人は小さく肩をすくめる。

そんな薫人の様子に気が付いたのだろう。ランバートは少し決まりが悪そうな顔をした。

「それは……仕方ないじゃない！　まだ結婚するには早いと思ったし、勉強したいことだってあったんだから！」

「じゃあ、勉学の方はどうしたんだ？　留学は四年という話だっただろう？　それとも、卒業もせずに途中で帰ってきたのか？」

ランバートの言葉に、ルイーゼが顔を口惜しそうに歪《ゆが》めて口をつぐむ。

確か、ルイーゼの留学先は隣国であるブリタニアだったはずだ。工業国であるプロレシアに対し、あちらは貿易立国だが、科学の分野では今や世界で最も発展していると聞く。

「別に、研究者になりたかったわけじゃないもの。それよりランバート、今日はあなたの誕生日でしょう？　私、あなたが喜びそうなものをあちらで買ってきたの」

言いながら、ルイーゼは自身が持っていた大きなバッグから何冊かの本を取り出す。

どうやら法律関係の書物のようで、タイトルを見たランバートの目が僅かに見開いた。

「貴重なものだということはわかるが。悪いが君から受け取る理由はない」

しかし、すぐに視線を逸《そ》らし、ルイーゼから本を受け取ることはなかった。

「な……！　どうして⁉　ランバート、私たちとても上手くいっていたでしょう？　確かに、一方的に婚約を破棄したのは悪かったと思う。でも私たちならもう一度やり……」

「悪いが、君とやり直すつもりはない。全て終わったことだ。それに……俺にはもう伴侶がいる」

ルイーゼがそのきれいな形の瞳を、大きく見開いた。

「はあ⁉　伴侶？　つくならもっとマシな嘘をつきなさいよ！」

ルイーゼの頭の上にある耳はこれ以上ないほど逆立ち、ドレスから見える尾もふるふると震えている。

「嘘じゃない。紹介する、ユキだ。もうすぐ結婚して一年になる」

ランバートはそう言うと薫人の傍まで足を進め、その肩を優しく抱いてくれる。

「は、初めまして……薫人と申します」

「伴侶……？　その子が？」

ルイーゼの表情がひきつり、その手はわなわなと震えている。

「何を言ってるの？　あなた、どうかしてるんじゃないの？　その子、東の国の出でしょ？　しかも、男の子じゃない！　そんな子と結婚するなんて、シュタインメッツ家の名に傷がつくと思わないの？」

「ルイーゼ！」

ランバートが、薫人の隣で厳しく、大きな声を出した。

さすがのルイーゼも驚いたのだろう、興奮し、まくしたてていた口をすぐに閉じた。

「黙って聞いていれば……いい加減にしてくれ。突然やってきて、好き勝手に振舞って。これ以上ユキに対して侮蔑の言葉を投げるなら、君の家との関わりも金輪際一切なしにしてもらう。君の顔は、もう見たくない。すぐに出ていってくれ」

ランバートの口調は静かではあったが、その言葉は研ぎ澄まされた剣のようで、ルイーゼはしばらく呆然《ぼうぜん》としたまま、その場に立ち尽くしていた。

自分をかばうために言ってくれたのだとはわかっているが、横で聞いてきたユキでさえ厳しく感じたのだ。

かつての婚約者に真正面から言葉を投げつけられたルイーゼのショックは、想像しただけで心が痛くなる。

「……帰るわ」

ルイーゼはバッグを手に持つと、ソファから立ち上がってツカツカと扉の方へと向かっていった。

美しい顔をこれ以上ないというほど歪ませ、薫人を睨《にら》みつけていくのを忘れずに。

「すまないユキ、嫌な思いをさせたな」

表情を強張らせたままの薫人を心配し、ランバートが優しく声をかけてくる。

「い、いえ……」

ふるふると、頭を振る。

そう言いながらも、自身の気持ちがひどく落ち込んでいることに薫人は気付いていた。

冷めてしまった食事をもう一度温めなおし、薫人はランバートと二人きりの食事を楽しんだ。

飾った花々と、テーブルの上に並んだ自身の好物を見たランバートは誕生日祝いを用意してくれたことに気付いたようで、とても嬉しそうに薫人に礼を言ってくれた。

プロレシアに来てから、薫人は少しずつハンナから料理を学び、今では一般的なプロレシア料理なら作れるようになっていた。

肉やじゃがいも、キャベツを使ったプロレシア料理は見た目の派手さはあまりないが、素朴で素材の味を生かした美味《おい》しいものが多かった。

自然環境も厳しく、さらに大国に囲まれたプロレシア国民の我慢強い国民性を表すような、そんな料理だった。

瑞穂の国にいた頃はあまり肉類を口にしたことがなかった薫人も、こちらに来て肉料理の美味しさを知った。

薫人が作った料理は美味《うま》いとランバートも褒めてくれるため、ハンナと一緒に台所に立つのは楽しかった。

今日もいつも通り、いやそれ以上にランバートは薫人が作った食事を喜んでくれ、嬉しそうに食べてくれた。

ランバートに喜んでもらうために作ったのだ、薫人としても嬉しかったのだが、今日は素直にそうは思えなかった。

ルイーゼさんの本、ランバート様は読みたかっただろうな……。

誕生日に食事を作ることくらいしかできない自分と、ランバートの興味や関心があるものをしっかり把握し、それをプレゼントするだけの財力があるルイーゼ。

食事を作るのだって大切な仕事ではあるし、比べても空《むな》しくなるだけだとわかっている。それでも、ランバートに申し訳ないという気持ちを持ってしまう。

元々は婚約者だったんだし、多分僕がいなかったらランバート様もルイーゼさんと結婚することが出来たんだろうな。

想像すると、胸が痛くなる。そしてそんな気持ちが、見事に顔に出てしまっていたのだろう。

夕食の後、湯浴《ゆあ》みを終えて寝室へと戻れば、ランバートがいつになく深刻な表情で薫人のことを待っていた。

「ユキ、先ほどは本当にすまなかった」

ランバートが言っているのが、ルイーゼのことであることはすぐにわかった。

「元々プライドの高い性質だったんだが、あんなにも偏見の強い獣人になっているとは思わなかった。もう、お前は会うこともないだろうし、俺も極力会わないつもりだ。だから
……」

「だ、大丈夫です」

眉間に皺をよせ、苦し気にそう言うランバートの言葉を、薫人は慌てて止める。

心なし、普段は堂々と尖《とが》っている耳も、いつもより垂れ下がっているように見える。

「本当に、僕は気にしてませんから」

笑顔を作ってそういえば、ランバートはその腕で、優しく薫人のことを抱きしめてくれた。

ランバートは、おそらくルイーゼと薫人を比べたりなどしない。たとえ比べても、そのことで薫人を責めることなどしないだろう。自分が、勝手に引け目を感じてしまっているだけだ。だけど、だからこそ居たたまれない気持ちになってしまう。

僕は、こんな風にランバート様に優しくされる資格があるんだろうか……。

花のように芳醇《ほうじゅん》なランバートの香りにつつまれながらも、薫人の心が晴れることはなかった。

＊＊＊

ランバートの生家は、宮殿と屋敷のちょうど真ん中にあり、つくりこそ古いが、とても立派な建物だった。

来るのは初めてではないものの、今まではランバートと二人で来ていたこともあり、やはり少し緊張した。

けれど、馬車を降りたところですでに義母のソフィアが薫人を待ってくれていたため、そういった緊張はすぐに和らいだ。

「いらっしゃいユキ。久しぶりだけど、お変わりはない？　それにしても、ランバートは来られないってどういうことなのかしら。相変わらず、仕事ばかりなのね」

笑顔で出迎えてくれたソフィアは、そう言いながら薫人を屋敷の中へ招き入れてくれる。

ソフィアは狼の獣人ではあるのだが、純粋な狼ではなく、コヨーテの血も入っているのだという。そのため、身体は大きい方ではなく、薫人と背の高さも変わらない。

「こちらこそ、お招きいただきありがとうございます。これ、ハンナさんと一緒に焼いたパイです」

手に持っていた籠《かご》をソフィアへと手渡せば、ソフィアの鼻がぴくりと動き、籠の中を覗き込む。

「まあ……とても良いにおい。ありがとう。そういえば、ハンナが言っていたわ。ユキはとても料理が上手だって」

楽しそうに微笑まれ、薫人は慌てて首を振る。

「ハンナさんの教え方が上手なんです。僕なんてまだまだで……」

「謙遜《けんそん》しなくていいのよ。ハンナはああ見えてお世辞は滅多に言わないもの。私なんて最初はよく、奥様に台所仕事は向かないと思いますが、諦められませんか？　なんて言われたのよ」

ソフィアがハンナの口調を真似る。ハンナは元々こちらの屋敷で働いていたそうだし、ソフィアはとてもハンナを信頼しているようだ。

「悔しいから、毎日台所に立って練習して、やっとまともな料理が作れるようになった時には、一年は経ってた。ユキはすごいわね」

本来、話好きの女性なのだろう。ソフィアはあれこれと話題を振りながら、薫人を自身の私室へと招いてくれる。

そして案内された、大きなクローゼットやピアノ、ミシンや作りかけの刺繍《ししゅう》といったものがあちらこちらにあるソフィアの部屋の寝台の上には、たくさんのアクセサリーが散らばっていた。

色とりどりの宝石はまるで星屑《ほしくず》のようで、それほど光物に興味のない薫人でも一瞬目を奪われた。

「これね、若い頃に使っていたものなの。実家は、お金だけはあったから。ほら、ランバートはそういうところが気が利く方じゃないでしょ？　ユキに似合うようデザインも変えさせたの。よかったら、貰《もら》ってくれないかしら？」

「え……？」

確かに、アンクレットはもちろん、指輪もシンプルなデザインで、薫人がつけても違和感はなさそうだ。

「ありがとうございます。だけど、なんだか申し訳なくて……」

ふと、先日会ったルイーゼが耳や胸元にきらびやかなアクセサリーをつけていたことを思い出す。金色の髪や白い肌に、それぞれよく似合っていた。

多分、僕がつけても似合わない……。

ソフィアの気持ちは嬉しく思いつつも、そんな風に呟けば。

「申し訳ないことなんてないわよ、これなんか、多分すごくよく似合うわ」

白銀のカメオがつけられた髪留めを、さり気なくソフィアが薫人の髪につけてくれる。

「うん、黒髪によくはえるし、バンドの色ともよく合ってる。それに、キモノにも合うんじゃないかしら？」

さり気ないソフィアの一言に、薫人はほんの一瞬動きを止めた。

鏡台の前へと連れていかれて見ると、斑模様《まだら》の耳元の近くで、白銀のカメオがきれいに光っている。

カメオが自分に似合っているのかどうかはわからない。それでも、わざわざソフィアが自分のために用意してくれたのだ。ルイーゼと比べたって仕方がない。卑屈になるのは止《や》めよう。

「ありがとうございます」

笑顔で礼を言えば、ソフィアも嬉しそうに微笑んだ。

……結局、泊めてもらうことになっちゃった。

案内された客室の寝台に座った薫人は、ぼんやりと部屋の中を眺める。

日中はソフィアと色々な話をしてゆっくり過ごしたのだが、帰ってきた義父のゲオルグはいつも以上に上機嫌で、酒の量も多かった。

薫人の身体は元々あまり酒を受け付ける性質ではないので、それこそ少し付き合う程度だったのだが。酔いが回ったのか、ゲオルグの長い話に付き合っていたら、気が付けば外は真っ暗になっており、馬車を出してもらうのも気が引ける時間となっていたのだ。

ランバートには一応、遅くなったらそのまま泊まっていくという話はしていたものの、初めての外泊ということもあり、不思議な気分だった。

そういえば、プロレシアに来てから、たとえ仕事が遅くなってもランバートはいつも自分の下に帰ってきてくれていた。

伴侶であるから、義務だと思っているのかもしれないが、薫人はそれがとても嬉しかった。

やっぱり明日の朝は一度家に帰らせてもらおう。

明日は登城の日、ローデリックとの勉強会の日だったので、朝は城へそのまま送ってもらう予定だった。

屋敷に戻っても、朝は慌ただしいし、それこそ顔を見て挨拶をすることくらいしか出来ないだろう。それでも、薫人は早くランバートの顔が見たかった。

たった一晩、離れただけなのに……。

明日の朝ランバートに話したら、笑われてしまうだろうか。

馬車を動かす御者の予定だってあるだろうし、早めに伝えに行った方がいいだろう。

まだ、養父母も起きている時間だろうと、二人の寝室の方へと足を運ぶ。

すると、僅かに開いた隙間から、激しい口論が聞こえてきた。

「ふざけないで！　こんなだまし討ちのようなことをして！　私は今からユキに説明をしに行くから！」

甲高いソフィアの声が、まず耳に入ってくる。かなり憤りを感じているようで、上品なソフィアにしては珍しく大きな声だった。

「余計なことをするな！　あんな下等な小型犬が、少しの間だけでもこれだけ良い暮らしが出来たんだ。十分良い思い出になっただろう」

下等な小型犬という言葉に、ツキリと薫人の胸が痛む。そんな風に、東の国の獣人のことを言う者がいることも知っていたが、ゲオルグの口から出たことはやはり衝撃が大きかった。

「あなた、自分が何を言っているかわかってるの!?　ユキを伴侶にと選んだのは、ランバートなのよ!?」

「ああそうだ！　未だ発情が出来ないという一族の恥さらしだということを隠すため、誰でも良いから結婚しろと言ったら、あんな東の小国の小型犬を選んできたんだ！　発情出来ないことが知られればあいつは国の英雄としての立場にも名声にも傷がつくから、仕方なく認めたがな！」

温厚で、プロレシアに来た時から自分に優しい言葉をかけてくれた義父の発言とは思えなかった。自分の心が、凍り付いていくような気持ちになる。

「あの小型犬なら外に吹聴《ふいちょう》する心配もない。ランバートも考えたものだな、東の国から伴侶を迎えたことにより、慈悲深く、公明正大なイメージを得ることが出来たんだ。政略結婚としては悪くなかった」

「確かに最初は政略結婚だったかもしれませんが、だけどランバートは今は深くユキのことを愛していて」

「そんなの、どうせ一緒に暮らすうちに情が移っただけだろう。まあ、どちらにせよランバートが発情出来るようになった今、小型犬はもう用無しだ。ルイーゼなら、我が一族に素晴らしい、優秀な子を産んでくれるだろう」

ゲオルグの口から出てきたルイーゼという言葉に、薫人の表情が強張る。

「あなたはつがいを子を産む道具だとでも思ってるの⁉　ランバートとユキの気持ちはどうなるの⁉」

「子を産むのがつがいの役割だ！　それ以外に意味などない！　ランバートだって、ルイーゼとの復縁を口では断っていたが、あの小型犬を哀れに思って捨てられないだけだろう。発情が出来るようになったんだ、ルイーゼに結婚を迫られて断れるはずがない」

「信じられない……！　私は、今日だって家にユキを呼ぶように言うからてっきり二人の結婚を許したものだと……」

「許すわけがないだろう！　ランバートをルイーゼと二人きりにするために、仕方なく呼んでやっただけだ。でなければ、あんな小型犬をこの家に招くわけないだろう！」

二人の会話を、それ以上は聞いていられなかった。

薫人は静かに後ずさると、そのまま自身に用意された部屋まで戻った。

心臓の音がとてもはやく、拭っても拭っても手から汗が出てくる。

ようやくランバートの家族に受け入れられたなどというのが、ただの自分の思い上がりだったことがようやくわかった。

最初からゲオルグは、薫人のことを受け入れるつもりなどなかったのだ。

そして、自分がランバートに選ばれた理由もようやくわかった。

叔母が、繰り返し政略結婚だと言っていたのはこういうことだったのだ。

ランバートに望まれて伴侶になったわけではない、他に思い当たる獣人がいなかったから、仕方なく選ばれたに過ぎなかった。

でも別に……それでもよかったんだ。ランバート様のそばにいられるなら。

薫人が生きる上での、心の支えとなってくれていたのはランバートだ。一緒にいられるだけで、幸せだった。

けれど、薫人にとってはそうでもランバートにとってもそうであるとは限らない。美しく聡明で、家柄だってルイーゼはランバートと対等なのだ。ゲオルグからも、あんな風に待望されている。

何より、ルイーゼは女性で、ランバートの子だって産むことが出来る。

クローヴィスの子供たちを見つめる、ランバートの優しい瞳を思い出す。

ランバートの幸せを願うのなら、薫人が身を引くのが一番なのだろう。

今ランバートはルイーゼと共に過ごしているのだろうか。そう考えただけで、胸が張り裂けそうになる。

最初から自分たちは、生まれた国も立場も、何もかもが違っていた。束の間だけでも、共に過ごせたことは幸せだったのだ。零《こぼ》れそうになる涙をこらえ、何度拭っても瞳から出る涙は止まらない。

泣いている暇なんてない。自分には、まだやることがあるんだ。

胸に決意を秘めつつも、結局その夜、薫人はほとんど眠ることが出来なかった。

9

瑞穂の国のことを知りたい、そんな風に言われて始まったローデリックとの勉強会だったが、最近は瑞穂の国の話というより、プロレシアに関する薫人の意見を聞かれることの方が多い。

最初は自分の意見を一国の王太子に伝えることなど、恐れ多くてとても出来なかったのだが、ローデリックは異国、プロレシアとは全く違う国で育ってきた薫人だからこその、異なった見方や客観的な見方を知りたいようだった。

道楽者の王太子、などと揶揄《やゆ》されることもあるが、あくまでそれはそう見せかけているだけで、実際のところは自身に対するその人間の対応をよくよく観察していることがわかる。

王宮内の権力闘争を嫌っているようで、国を発展させ豊かにすることを命題だとしていることもわかる。

戦争は国を貧しくするだけだと戦争を嫌悪しながらも、国のために戦った人間に対しては手厚い。

一方、シュタインメッツ家は貴族でありながらも豪商としても有名で、いくつもの事業を手がけている。ランバートにはそちらの才覚もあるようだし、それこそ城で官吏をするよりよほど富を手にすることが出来るはずだ。

その道を選ばなかったのは、神の末裔《まつえい》として尊敬を受ける狼の獣人であることへの責任と、そして親友であるローデリックのためでもあることはわかる。

ローデリックが信頼するにたる獣人であるということは、この数か月間の交流を通して薫人もよくわかっていた。

だから、薫人は自身を奮い立たせてローデリックに申し出ることにした。

「あの、ローデリック様」

最初の頃は王太子殿下と言っていたが、ローデリックに名前で呼ぶように言われ、いつしかその名を呼ぶようになっていた。

「ん？　なに？」

ローデリックが取り寄せたという瑞穂の国の法律書を訳していた薫人が呼びかけると、他の書類に目を落としていたローデリックが、顔を上げる。

「あの……初めてここに呼ばれた際に提案されたお話ですが。お受けしようと思います」

ローデリックを真っすぐに見据えて、薫人がはっきりと口にする。

それまで涼しい顔をしていたローデリックの表情が、驚きと困惑で、引きつったようになる。

「は？」

常に優雅な笑みを浮かべているローデリックには珍しく、その表情は間抜けともいえるものだった。

「正直、僕にそれほどの価値があるとは思えないのですが、もしあの時の提案が無効になっていないのなら……」

「ちょ、ちょっと待ってくれユキ。お前、自分が言っている意味をわかっているのか？」

「勿論です」

薫人なりに、ずっと考えていたことだった。ローデリックの提案は薫人にとっては有利ではあったのだが、薫人の中にある倫理観と貞操観念からどうしても受け入れられなかった。

けれど、自分がそれにこだわる必要はもうない。

張りつめたような表情の薫人を見たローデリックも、思うところはあるのだろう。

頬杖をつき、首を傾げると、しばらく何かを考えるようなそぶりを見せ、そしてようやくその口を開いた。

「ユキが突然そんなことを言い出したのは、ルイーゼが帰国したことと関係があるのかな？」

ローデリックの口から出たルイーゼの名前に、薫人の表情が固まる。

「どうして、それを……」

「一昨日《おととい》怒鳴り込んできたよ。どうしてランバートの結婚に反対しなかったんだってね。まあ、だから言ってやったんだけどさ。ルイーゼといても全く癒されないけど、ユキといたら癒されるからじゃないって。図星をつかれたからか、怒ってそのまま帰っていったよ」

愉快そうにローデリックは笑うが、薫人としてはとても笑う気持ちにはなれなかった。

沈んでいる薫人の表情を見て、ローデリックも何か察したのだろう。

「なるほど、だからいつもならいそいそと帰る支度をする時間なのに、時計を見ようとすらしていないわけか」

「え？」

ローデリックに言われ、慌てて時計の方を見る。

確かに普段であれば、そろそろ帰り支度をし、馬車を一台頼んでいる時間だ。

どうしよう。結局今日の朝も屋敷には立ち寄らずに城へそのまま向かったのだ。

ランバートは心配しているだろうか。

そう思ったとき、ふと昨夜のゲオルグの話を思い出す。

昨日は屋敷にはルイーゼが来ていたはずだ。もし、二人がそのまま結ばれていたとしたら、もしかしたら自分は帰らない方がいいのではないか。

そんな思いが、顔に出ていたのだろう。

「とりあえず、食事にしようか？」

「え？」

「帰るか帰らないかは、食べてから考えようってこと」

そう言うとローデリックは立ち上がり、隣の部屋に控えている給仕を呼びに行った。

このまま逃げていても仕方ないし、ランバートときちんと話し合いの場を持たなければならないことはわかっている。

それこそ、ランバートに離縁の意志があるなら、応じなければならないだろう。

いや、優しいランバートのことだ。自分からは決して離縁を言い出したりなどしないだろう。実際、ランバートの自分への気持ちを薫人も疑ったことはない。

この一年、ランバートはこれ以上ないほど薫人のことを大切にしてくれたし、愛してくれた。父が死んでから、こんなにも幸せな日々が送れるとは思いもしなかった。

それでも、ランバートのつがいとして相応《ふさわ》しいのは自分ではなくルイーゼだ。

だからこそ、自分から離縁を口にしなければいけない。

けれど、それはわかっていても、今は少し心を落ち着かせる時間が欲しかった。

王族のために用意されたメニューだからだろう、出された食事はとても美味しかった。

それでも、屋敷のハンナの料理が恋しくなってしまったのは、もうハンナの料理は二度と食べられないかもしれないと思ったからだろう。

王太子と同じ食事をとるのは申し訳ないと思いつつも、こんな機会もう二度とないかもしれない。そう思い、一つ一つを味わっていると、目の前に座るローデリックの口から笑みが零れた。

「ランバートはさ、あの通りしゃれっ気のない男で、それこそ趣味も読書や剣を振るうことくらいしかないし、食事だって腹が空《す》かなければいい、みたいな奴なんだけどね。だけど、ユキの作る料理はとても美味しいんだって、こないだも言ってたよ。食事をするのが楽しみなんだって」

「……ランバート様が、そんなことを」

確かに、薫人の前ではいつもランバートは美味しいと言って食事をとってくれていた。

けれどそれは薫人に気を使ってのことだと思っていたため、そんな風に話してくれていたことは嬉しかった。

「ルイーゼのことが気になるのはわかるけど、ランバートは相手にしないだろうし、不安になることはないと思うよ?」

ローデリックが柔らかい微笑みを薫人へ向ける。気さくな性格をしているが、ノーヴルな雰囲気はやはり生まれながらの王太子だと感じさせられた。

おそらく薫人がランバートの過去の女性の登場に動揺し、自暴自棄になっているのだと、そんな風に見えているのだろう。

ランバートの気持ちを信じるべきだと、言いたいのだということもわかる。

もし自分が、恋に恋するような少女であれば、ランバートだけを見つめ、その気持ちを信じることが出来たかもしれない。

けれど、そこまで夢見がちにはなれなかったし、何より薫人自身には引け目がある。

「実は……」

だから薫人は、現在の状況と自分の気持ちをローデリックに話すことにした。

勿論、ランバートが発情出来なかったことは伏せたが、自分たちの結婚の真実やゲオルグの言葉、そしてルイーゼの存在。昨日のゲオルグとソフィアの会話に関しても、かいつまんで話した。

食後のコーヒーを飲みながら、最初は相槌《あいづち》を打ってくれていたローデリックの表情も、だんだんと厳しいものになっていく。

「なんていうか……俺が言うのもなんだけど、ごめんね」

そして、ようやく発した言葉は、薫人への謝罪の言葉だった。

「え、いえそんな……」

ローデリックが謝る必要は勿論ないし、謝って欲しいとも思わない。

「この国の王太子として、君への失礼を詫《わ》びるよ。せっかくこの国に来て、プロレシアの良いところをたくさん知ろうとしてくれているのに、偏見に満ちた獣人がそんなにいることが情けない」

「ローデリック様のせいじゃありません。結局は、どこの国の獣人であるかよりも、その獣人がどういう方なのか、なんだと思います。僕の国だって嫌な獣人はいましたし。それにプロレシアにも、ローデリック様や、ランバート様のように、偏見を持たない方だっています」

そう、ランバートは最初から薫人のことを色眼鏡で見たり、見下すようなことはなかった。薫人のことだけではなく、東の国の獣人のことも。

自分たち西の国の者と同じように接してくれた。そんなランバートだからこそ、薫人は好きになったのだ。

「そうだね、ユキの言うとおりだ……。それで？　とりあえず今日は城に泊まっていく？」

「え？」

「ランバートの所に帰りたくないんだろう？　だったら、しばらくここにいればいい。あ、勿論部屋は別に用意するから」

勿論、ユキが俺と一緒がいいっていうならそれでもいいよ、などという冗談を笑ってローデリックは言ってくれる。

最初は心の内を見透かされてしまったこともあり、少し怖いとさえ思ったが、とても情の深い、優しい人なんだと思う。

今日、一日だけなら、いいかな……。

明日の朝にはちゃんと帰って、ランバートと話し合おう。だけど、あと一日だけ時間が欲しい。

「ありがとうございます。ご迷惑をおかけしますが、今日だけ……」

お世話になりますと、言おうとした時だった。

既に多くの文官たちが仕事を終え、静まり返っているはずの廊下から、話し声と靴音が聞こえてくる。

「なんだ……？」

片眉を上げたローデリックが立ち上がり、扉へ向かおうとしたところで、重厚な扉が勢いよく開いた。

「へ……？」

衛兵たちを振り切ったらしいランバートが、鬼気迫るような表情でそこに立っていた。

「ランバート様？　どうして……」

ここに、という薫人の言葉を最後まで聞くことはなく、ランバートが薫人の腕をつかむ。

「屋敷に城から使いの者が来て、お前が城に宿泊すると聞いて迎えに来たんだ」

いつになく強引なランバートの動作に、薫人は驚く。

「え？　確かにさっき使いの者をやったけど、まだ半刻も経ってないだろ？　お前、もしかして馬に乗ってきたの？」

どうやら、事前にローデリックは薫人が宿泊するであろうことを伝えていてくれたようだ。

あまりに遅い時間となれば、何かトラブルでもあったのかと余計な心配をかける可能性があるからだろう。

「悠長に馬車など乗ってられるか。さあユキ、帰ろう」

そう言いながら、ランバートが薫人を扉の方へ向かうよう促す。けれど、薫人は素直に言うことを聞く気にはなれなかった。

「ユキ……？」

そんな薫人の態度に、ランバートが訝しげな顔をする。

「帰りたくないって言ってるんだから、無理に連れ帰るのはやめろよ」

「お前には関係……そうなのか？　ユキ？」

横から口を出してきたローデリックを思いきり睨みつけた後、すぐに薫人の方へと視線を向けてくる。

その視線に耐え切れず、俯《うつむ》いてしまう。

「そりゃあそうだろう。伴侶を実家に追い出して、その間に他の女を連れ込むようなやつのところ、誰だって帰りたくないだろ。離縁の法的手続きならこっちで勝手にやっておくから、お前はさっさとルイーゼのところにでも帰れば？」

率直なローデリックの言葉に、薫人は慌てて顔を上げる。

目の前にいたランバートは、驚愕《きょうがく》からその表情を固まらせていた。

「どうしてそれを……違うユキ、誤解なんだ。父がお前を呼んだのが、ルイーゼと二人きりにするためだと知ったのは昨日になってからで……！　お前を追い出すつもりなんて全くなかった、お前を傷つけたことは謝る。だから……」

ランバートの言葉に、心のどこかでホッとする。ランバートの性格上、そんなことはないとは思っていても、どこかで自分を邪魔に感じてゲオルグに頼んだのではないかと、そんな風に疑ってしまっていたからだ。

ランバートは真摯に謝ってはくれているのだが、心は逆に冷えていく。

「謝らなくて結構です、ランバート様。僕たちの婚姻が、政略結婚であるということは僕もわかっていましたから」

「それは……！」

ランバートを試すような言葉を言いたくはなかった。それでも、薫人はその言葉をランバートに否定して欲しかった。けれど、ランバートは、顔を歪めたものの、その言葉を否定することはなかった。そうか、やはり自分はランバートに望まれていたわけではなかった。

沈んでいく気持ちを、薫人はなんとか奮い立たせる。

「それに、僕だってランバート様を利用するためにつがいになったんです。だから、謝罪は不要です」

むしろ、謝られたくなかった。ランバートに謝られれば、よりみじめな気持ちになってしまうからだ。

「利用……どういうことだ？」

ランバートの瞳が、不安げに揺れる。

こんな形で、伝えたくなんてなかった。けれど、こうなってしまえばもう真実を伝えるしかないだろう。

これを言えば、確実にランバートを傷つけることになる。それがわかっているだけに、薫人はなかなか口を開くことが出来なかった。

そんな薫人の気持ちがわかったのだろう。隣にいるローデリックが、代わりに説明をしてくれた。

「ユキがお前と結婚したのは、プロレシアと瑞穂、両国における不平等条約の改正、特に領事裁判権の撤廃のためだよ。それが目的で、ユキはお前と婚姻を結んだ。名家で次期外務大臣とも言われているお前なら、それが可能だと思ったからだ」

ローデリックの言葉を聞いたランバートが、信じられないようなものでも見るような目で、薫人のことを見つめる。

失望どころではない、おそらく、憎しみの感情すら向けられてしまうかもしれない。けれど、それがわかっていながらも薫人はランバートを見つめて言う。

「ローデリック様のおっしゃる通りです。最初からあなたの地位と立場が目的でした」

婚姻が決まった頃、葛城《かつらぎ》から言われたのだ。ランバートは、次期外務大臣候補ともいわれている。もしそうなれば、現在瑞穂の国が諸外国と進めている不平等条約の撤廃に、大きく作用することになるだろうと。

「けれど、結果的にあなたは外務大臣にはならなかった。あなたを利用する価値は、もうありません。それに、ローデリック様は僕の願いを叶えてくださると言ってくださってるんです」

そこで、一呼吸を置く。

「だから、僕と離縁してください」

心臓が、痛かった。ランバートに向かって発した言葉は、薫人の本心とは別の所にあったからだ。だけど偽りの言葉であっても、薫人はすらすらと口に出すことが出来た。

そう、これでいいんだ。自分のことはただ打算でランバートに近づいた、恩をあだで返すような獣人だと思ってくれていい。

無礼なやつだと切り捨て、ルイーゼと幸せになってくれればいいんだ。心はバラバラになりそうなほど辛く苦しかったが、それがランバートのためになるのならと、薫人は気丈に、はっきりと口にした。

ランバートはしばらくの間薫人のことをじっと見つめていた。実際はそう大した時間ではないのだろうが、薫人にとってはとても長く感じる時間だった。これで、ランバートの信頼は勿論、繋《つな》がりもなにもかもが終わってしまうのだと。溢《あふ》れそうになる涙を必死で堪える。

そして、ランバートがようやくぽつりと呟いた。

「嫌だ」

「……え？」

端的なその言葉に、思わず薫人はポカンと高い位置にあるランバートの顔を見つめる。

「瑞穂の国との不平等条約か、そういえば未だ改正されていなかったな。確かに外務大臣の地位が得られればそれも可能だ。ローデリック、国王陛下から打診を受けたが一度は断ったんだ。やはり拝命すると伝えてもらえるか？」

「は？」

今度はランバートに言われたローデリックの顔がひきつる。

「な、なにを仰ってるんですか、ランバート様。僕は、貴方を利用しようとしたんですよ？」

「それがどうした」

いつも通りの、堂々とした表情のランバートに、薫人は思わず怯む。

「利用したいのなら、すればいい。俺はお前に出来ることなら、なんだってしてやりたいんだ。むしろ、そんなことでお前を傍に置いておけるなら、これほど容易いことはない」

そう言うとランバートは、優しい笑みを薫人へと向ける。

自分がランバートを愛する気持ちに嘘はない。けれど、条約改正は薫人の悲願でもあった。目的のためには、ランバートを利用しなければならないことはわかっている。それでも、どうしても出来なかった。

けれど、その事実を知ってもなおランバートは力強く薫人への気持ちを伝えてくれる。

「ユ、ユキ？」

唇が震え、涙が溢れてくる。そんな薫人の様子に目の前のランバートは驚き、ひどく困ってしまっている。

「あーあ、お前の顔が怖かったからユキが泣いちゃった」

「な……そうなのか？」

勿論そうではないのだが、ランバートも混乱しているのだろう。焦った様子を見せながらも胸ポケットから、清潔なハンカチを取り出し薫人へと渡してくれる。

「ほらね？　ランバートには話しても大丈夫だって言っただろ？」

対してローデリックは余裕の笑みを浮かべ、薫人の頭を撫でようとその手を伸ばす。

「触るな」

けれど、それが薫人の頭へと届く前に、ランバートによって叩き落とされた。

「おま、不敬だぞ⁉」

顔を引きつらせてはじかれた手を撫でるローデリックに対し、ランバートがふいと横を向いた。

新しくコーヒーを淹《い》れ直し、三人は改めてテーブルに座って向き合うことにした。

いつまでも立ち話というのもなんであるし、薫人の気持ちを落ち着かせたいというローデリックの気遣いもあるのだろう。

「それで？　お前はいつから知っていたんだ？　ユキの目的のことを」

ランバートの言葉に、マグカップを手に持つ薫人の手が微かに震えた。

「安心してくれ、別に責めてるわけじゃない。ただ、事情が知りたいだけなんだ」

それに気付いたランバートが慌てて言葉を付け加えてくれ、薫人も小さく頷く。

二人の様子を穏やかに見守りつつ、ローデックは少しだけ首を傾げた。

「いつから、うーん……まあ、それは、最初からかな。お前と違って、俺は最初から相手を信じることは滅多にないからね。可愛い顔をして頭は良いようだったし、何か裏があるんじゃないのかなと思った。そもそも後見人が瑞穂の国の高官だろう？　これは何かあるなって、すぐに思ったんだよ」

ローデリックの、言うとおりだ。開国と共に西の国々と結んだ不平等条約の改正は、瑞穂の国の政府にとっても悲願だった。

葛城は説明をしつつも、無理をする必要はないと言ってくれたが、薫人としては出来る限りのことはしたかった。

「途中で目的が条約の改正にあることはわかったんだけど、俺が条件を出してもユキが受け入れることはなかった。お前への態度も、全部演技かと思って大したものだと思っていたら、そんなことはなかったんだよな」

「条件？　どんな？」

気になったのだろう、すかさずランバートが指摘すれば、ローデリックの視線が泳ぐ。

「え？　その……俺の愛人になれれば、条約の改正なんて簡単に出来……って！　あくまでユキの反応見るために言っただけだから！　実際そうしようと思ったわけじゃないから！」

今にも剣を抜きそうな勢いのランバートに、ローデリックは慌てて首を振る。

「自分はランバートの伴侶で、つがいなんだからそれだけは出来ないって、そう断られたよ。それでわかったんだ、ユキは心からお前のことを愛していて、だからこそ、自分の立場に苦しんでるんだろうなって」

ローデリックからは、ランバートに全て話してはどうかと何度も言われた。けれどそれが出来なかったのは、自分のことで、ランバートの生き方を変えさせたくなかったからだ。

なお、ルイーゼのことを知った後、一度は条件を受け入れるという話をしたことはローデリックは伏せていてくれた。

薫人のことを気遣ってくれたのもあるが、おそらくこれ以上ランバートを刺激しない方がよいと思ったのだろう。

「ユキ」

ローデリックの話を聞き、状況を飲み込んだらしいランバートが、今度は薫人へと問いかけてくる。

「お前は責任感が強い性質だし、カツラギからの頼みと俺との間で板挟みになってしまったことはわかる。不平等条約自体、ミキもいつか改正させたいのだとそう言っていたと思う。ただ、本当にそれだけなのか？　何か、他に事情があったんじゃないのか？」

薫人が、ここまで不平等条約の改正にこだわる理由。ランバートは、どうしてもそこは引っかかるようだった。

ランバートの言葉に、ローデリックの視線も薫人へと向かう。二人に見つめられ、薫人はマグカップをテーブルの上に置き、ようやくその口を開いた。

「昔、父がまだ生きていた頃、僕の家には同い年の女の子が奉公に来ていました。当時の僕は引っ込み思案で、他の子供たちともあまり仲良くなれなかったのですが、その女の子、美代だけは違っていました。明るくて優しくて……僕は美代のことが大好きでした」

使用人と、その家の子供という関係だったが、そんなことは関係なく、薫人は美代を大切な友人だと思っていたし、おそらく美代もそう思っていた。文字を知りたいという美代に、こっそりと教えれば、とても喜んでくれた。

貧富で、獣人の価値は変わらないと。薫人がそう思えたのは、美代の存在が大きかった。

「ある日、僕は高熱を出してしまって、そんな僕のために美代はアイスクリンを買ってくると行って街へ出かけました。だけど、美代が帰ってくることはありませんでした。街へと急ぐ途中、往来を走っていた馬車にひかれて……亡くなってしまったんです」

僕があの時熱を出さなかったら。アイスクリンを買ってくるという美代を止めていたら、こんなことにはならなかったと。何度も薫人は自分を責めた。

「美代の身体は小さくて、姿が見えづらかったそうなんですが、馬車はよほど急いでいたのか、明らかに速度を出しすぎていたそうです。だけど、馬車に乗っていた獣人は裁かれることはありませんでした。それどころか、謝罪一つ言ってくることはありませんでした」

「まさか……それが」

「はい。プロレシア人が乗っていた馬車でした。父は美代のことも可愛がっていたので、なんとか国内法で裁けないかと、せめてどこの誰が美代をひき殺したのかと問い詰めたそうですが、なかなか教えてもらえず。名前がわかった時には、既に相手は国外退去をした後でした」

獣人を一人殺しておきながら、謝罪の言葉すらないのか。プロレシアの獣人にとっては、瑞穂の国の獣人の命はそんなに軽いものなのか。

悲しみと憤りで、幼い薫人の心は深く傷ついた。

「それは……プロレシア人を恨んだだろう？」

とても言いづらそうに、ローデリックが問う。薫人は苦笑いを浮かべ、小さく頷いた。

「はい。なんて心無い、ひどい方々なんだろうと思いました。もう、街でプロレシア人を見

かけただけで、怒りを覚えるくらいに。でも……そんな僕の気持ちも途中で変わりました」

薫人は、自分の隣に座るランバートを見つめる。

「半年ほど経った頃、瑞穂の国の政府を通して、プロレシアの方から謝罪の手紙と、お見舞いのお金が届いたんです。手紙をくれた方は事故を起こした獣人の勤める会社の代表の方の子息だったらしく、事情を知り、どうしても謝りたかったのだと書いてありました。プロレシアの裁判では有耶無耶《うやむや》になってしまったけれど、会社としてはもうその人間を解雇した。これくらいのことしか出来なくて申し訳ないと、そう書かれてありました」

ランバートがその瞳を見開き、薫人を見つめる。

「ランバート様、あの時は本当にありがとうございました」

微笑んで、ゆっくりと頭を下げる。ようやく、礼を言うことが出来た。

「いや……被害者は幼い少女だと聞き、こちらとしてはなんとかしたかったんだが、詳細な情報を何も得られなくて。それでも、なんとか謝罪の気持ちだけでも伝えたかったんだ」

あの時の手紙を受け取ったのが薫人だとは思いもよらなかったのだろう。

まだ動揺を抑えられないようで、表情が固まっている。

「事故があった時、僕は美代を殺したプロレシア人を恨みました。プロレシア人に対して憎しみしか抱けませんでした。だけど、ランバート様からの手紙を受け取って、その考えは変わりました。プロレシアにも、こんな方がいる。美代をちゃんと一人の獣人として扱ってくれる方がいるんだと思うと、希望を持つことが出来ました。プロレシア語を勉強して、いつかプロレシアに行ってあなたにお礼を言おうと、幼心に強く思いました」

結局、最初に父と一緒にプロレシアを訪れた時には、ランバートと会う機会は一度しかなく、その時にも話せずじまいだった。

けれど、その時にはランバートはまた会おうという約束をしてくれた。どんなに辛い時でも、ランバートのことを思い出すとくじけずに頑張ることが出来た。ランバートは、薫人が生きる上での道を示してくれた存在だ。

ようやく自身の気持ちが伝えられた薫人はもう一度ランバートに頭を下げ微笑む。そして口を開きかけたところで、伸びてきたランバートの腕でその身体を抱きしめられた。

「礼を言うのは、俺の方だ。そんなに辛い思いをしたのに、お前は俺の伴侶になってくれた。感謝しても、しきれない」

ランバートの胸の中で、薫人はランバートの言葉を静かに聞く。

「俺の父のように、この国にはまだ差別や偏見の気持ちを持ったくだらない獣人が少なからずいる。この国にいれば、お前がまた不快な思いをすることもあるかもしれない。出来る限り、そんなつまらない獣人たちからはお前を守りたいと思う。だから……どうかこのまま、この国で俺と一緒に生きてくれないか」

ランバートらしい不器用で、率直な言葉。だけど、薫人にとってその言葉は何より嬉しかった。

「僕で……よかったら……よろしくお願いします」

「お前がいいんだ」

言いながら、もう一度強くランバートが抱きしめてくれる。そんな二人の様子を、ローデリックは少しだけ複雑そうに見つめていた。


「まずは国王陛下に、外務大臣の地位を拝命すると、伝えなければならないな」

薫人を自身の胸から離し、少し照れくさそうにランバートがそういえば、それに対しローデリックがすかさず口を挟む。

「ああ、それはもう別に必要ないと思うよ」

「……どういう意味だ？」

「不平等条約は、近々改正される予定だから」

ローデリックの言葉に、薫人とランバートは顔を見合わせる。

「瑞穂の国は急速に発展しているし、プロレシアはもちろん、他の国との条約改正も少しずつ進んでいる。無理して大臣になる必要はないぞ」

「そ、そうなんですか……？」

唖然とするランバートに対し、薫人は驚きながらも確認する。

「ああ。一応言っておくけど、領事裁判権が認められなかったのは開国当時の瑞穂の国の法制度を信用出来なかったからなんだ。自国民を守るためにも、よくわからない法で裁かれたらたまったものではないからね。だけど、今の瑞穂の国はミキの努力もあり、プロレシアに習った素晴らしい憲法がある。ユキと話すことで、それを知ることが出来た。君も立派に、条約の改正に貢献したんだよ」

「ローデリック様……」

にっこりと微笑まれ、薫人もはにかんだ笑みを返す。ローデリックは気を使ってくれているのかもしれないが、自分も少しは役に立てたのだという、その言葉はとても嬉しかった。

「そうか……じゃあもう相互理解が深まったのだから、ユキとの交流は必要ないな」

「……は？」

「目的は果たせたんだろう？　それならもういいじゃないか」

「お前……」

素知らぬ顔で言ったランバートに、ローデリックの頬がひきつる。

「お前、いくらなんでも独占欲強すぎじゃない？　束縛する男は嫌われるよ？」

「余計なお世話だ！」

ぴしゃりとランバートがローデリックの言葉を否定する。

二人のやりとりに、薫人は苦笑いを浮かべることしか出来なかった。

さすがにもう遅い時間帯だからと泊まっていくようにローデリックは言ったが、ランバートが断ったため、結局ランバートが乗ってきた馬に二人で乗って帰ることになった。

ランバートの馬には何度か乗せてもらったことがあるが、大きく毛並みの良い立派な馬で、薫人一人の体重が増えたところでびくともしなかった。

明るい時間帯であれば、速度もそれなりに出すのだが、既にあたりは暗くなっていることもあり、ランバートは慎重に馬を走らせていた。

そして、薫人が振動を感じないように身体を抱きしめ、負担を減らしてくれている。

ランバートの温かい胸に抱きしめられながら、薫人はとても穏やかな幸せを感じることが出来た。

もう日付が変わる時間帯であったにも拘わらず、屋敷に戻ればハンナやキーガンも起きており、二人を出迎えてくれた。

たった一日帰らなかっただけだというのに、なんだか懐かしい気持ちになり、改めてこの屋敷が薫人にとっても家になっていることを実感する。

湯浴みを終え、身体が温まっていることもあり、心地よい微睡を感じながら寝台へと横になる。ランバートを待たなければいけないとは思っているのだが、昨日ほとんど眠っていなかったこともあり、瞼《まぶた》はどんどん重くなっていく。

それから、どれくらい時間が経ったのだろうか。

ふと意識が戻るような感覚にゆっくりと瞳を開けば、すぐ隣にいるランバートが薫人をじっと見つめていた。

「も、申し訳ありません。ランバート様、僕寝てしまって……」

こっそりとサイドテーブルにある時計を確認すれば、二時間ほど時間が経っていたことがわかる。

「悪い、起こしてしまったか？」

自分の視線を感じたから目を覚ましてしまったのかと思ったのだろう。少し申し訳なさそうにランバートが言うため、慌てて首を振った。

「ずっと、起きていらしたんですか？」

「寝ようと思っていたんだが、お前の顔を見ていたらなんとなく寝るのがもったいなく感じたんだ」

「そ、それは……」

一体、どういう意味なのだろうか。むしろ、寝顔をずっと見られていたかと思うと少し気恥ずかしい。

おかしな寝言など言っていなかっただろうか。

「つがいが隣にいるということが、こんなにも安心するのだとようやくわかった。お前が俺の元に戻ってきてくれて、本当に良かった。もしあの場で断られていたら、王太子相手に決闘を挑むところだったからな」

冗談なのか、それとも本気なのか、真剣な表情で言うランバートに、薫人も苦笑いを浮かべる。

「色々と……申し訳ありませんでした」

最終的には、全て良い方向に向かったとはいえ、考えてみればランバートには随分たくさん心配をかけた。薫人がいろいろと考えすぎて思い詰めてしまったからでもあるため、大変決まりが悪い。

「本当に、肝が冷えた……。そもそも、どうして離縁するだなんて話になったんだ？」

ランバートにとっては、よほど衝撃的だったのだろう。珍しく少し拗《す》ねたような視線を向けられた。

「それは……お義父様もそう仰ってましたし……」

ゲオルグのことを薫人が口にすれば、ランバートの整った眉がきれいに上に跳ね上がった。

眉間に縦皺が刻まれたのを見て、慌てて薫人は付け加える。

「それに僕も、自信がなかったんだと思います」

「……自信？」

小さく頷くと、薫人はさらに言葉を続ける。

「ルイーゼさんは美しくて聡明で、ランバート様の隣に立つのにも相応しい方ですし、とても理想的な女性だと思いました。女性なので、子供も産めますし……。ランバート様の幸せを考えるなら、僕は身を引くべきなんじゃないかと、そう思ったんです」

「ユキ。……今でも、そう思っているのか？」

ムッとした表情で、低い声を出すランバートに、薫人はすぐに首を振る。

「い、いえ……そんなことは、ないんですけど」

ランバートが、既に薫人を選んでくれたことはわかっている。

「先ほども言いましたが、結局自信が持てなかった僕自身の問題です。自分がランバート様のことを幸せに出来るのか。本当に、僕で良いのかって……」

相手は狼の獣人で、自分はなんの変哲もない、むしろ変わった毛並みの色を持つ小型犬だ。

ランバートは気にしていないとはいえ、やはり引け目は感じてしまう。

「お義父様の話では、ランバート様は仕方なく僕と結婚したそうですし、発情だって出来るようになった今、本当に僕がついで良いのかと、色々考えたら、苦しくなってしまって。ランバート様の口から離縁の言葉を聞くより、自分から言ってしまいたかったのかもしれません」

ランバートは自分の気持ちを吐露する薫人の話を黙って聞いた後、大きなため息をついた。

「お前から離縁を切り出された俺が、どれだけショックを受けるかは、考えなかったのか?」

淡々と、けれど静かな怒りを感じる言葉に、薫人は項垂《うなだ》れる。確かに、随分と自分勝手な言葉だったと思う。

「それは……申し訳ありません……」

「出来れば、二度とお前の口からは聞きたくない言葉だ。あの場にはローデリックもいたから気持ちを抑えられたが、もし二人きりの時に言われたら二度とお前を外に出したくなくなってしまうだろうな」

口元に笑みを浮かべてランバートはそう言ったが、瞳は全く笑っていなかったため、薫人の表情が引きつる。

じょ、冗談、だよね……?

笑みを返そうと思うのだが、どうもうまく笑うことが出来なかった。

「お前にひどいことはしたくないんだが、それくらいの気持ちだということはわかってほしい」

「はい……ごめんなさい」

素直に謝れば、大きな手でそっと髪を撫でられた。

気持ちよさに微笑めば、ランバートの手がぴたりと止まる。

「……一応言っておくが。ルイーゼとは何もなかったからな」

「え？」

ランバートの口からルイーゼの名前が出たことで、目に見えて動揺をしてしまう。

「……本当ですか？」

だから、つい思ったことをそのまま口にしてしまった。

「別に気を使ってくださらなくても結構です。僕は、気にしませんから……」

そう言いながらも言葉はどんどん尻すぼみになっていく。

「本当に気にしないのか？」

「嘘です、やっぱり気になります」

ランバートは自分を選んでくれたのだし、昨日のことはなるべく考えないようにしていた。

それでも、やはり薫人としては心の中のもやもやが晴れない。

俯き、こっそりとランバートを窺《うかが》い見れば、口元には笑みが浮かんでいた。

「安心しろ、確かに裸も同然のあられもない格好で寝所に押しかけてきたが、全く何も反応しなかった」

「……へ？」

「つまり、発情出来なかったんだ。本人はそれなりに対策をして、香水やらなんやらつけてきたようだが、むしろそのにおいがあまりにも不快で、嘔吐《おうと》感すら覚えたくらいだ」

ランバートの言っていることがすぐには信じられず、薫人はまじまじと目の前にいるランバートを見つめる。

その表情は、嘘を言っているようには全く見えない。

「ルイーゼ本人に聞けばわかる話だが……おそらく二度と俺の前には顔を見せないだろうな。父にも今日の朝しっかりと説明をしてきた。余計な小細工をしたようだが、残念ながら自分のつがいはユキだけだし、発情出来るのもユキだけだとな。まあ……実家の方はそれどころじゃなくなっていたが」

「え？」

「今回のことで、母上はそうとう頭に来たんだろう。離縁すると言って家を出る準備をしていた」

一応の愛妻家でもあり、何より世間体を気にするゲオルグとしては、名家の令嬢で王室とも繋がりのあるソフィアとの離縁で自身の名に傷がつくことを恐れているのだろう。

ランバートが事の顚末《てんまつ》を報告したことに驚いてこそいたが、それよりも目の前のソフィアを宥《なだ》めることに必死になっていた。

「そう、だったんですか……」

確かにつがいには、相性が重要だ。さらに元々ランバートは、これまで誰に対しても発情出来なかったのだ。

薫人に対しては発情出来ていたのだし、てっきりもう体質が変わったのだと思っていた。

しかし、そうではなかった。あんなに美しいルイーゼ相手にも発情出来なかったのだ、ランバートが自分以外には発情出来ないというのは、信憑《しんぴょう》性があるのかもしれない。

「なんだか、すみません……」

ランバートが自分以外に発情出来ないということは、単純に嬉しさもある。

けれど、ランバートが自分以外に発情出来ないという劣等感を取り除けたと思っていた薫人としては、対象が自分だけだというのがなんとも申し訳ないよう気持ちになる。

「何がだ？」

「その、発情出来る相手が、よりにもよって僕だけで……」

薫人がそう言うと、ランバートは眉間に皺をよせ、そして大きなため息をついた。

「何を言っているんだ。お前相手ならいくらでも発情出来るんだ、十分だろう」

「ですが……」

ランバートの気持ちは嬉しいが、つまりランバートは薫人を選んだのではなく、選ばざるを得なかったのではないか。そんな風にすら思えてしまう。

「もしかして……政略結婚で、父から無理やり結婚を命じられたという部分に引っかかりを覚えているのか？」

「え？　あ、いえそんなことは……。政略結婚でも、ランバート様は僕をとても大切にしてくださいましたし、僕は別に……」

「いや……正直に言うと、ユキのことを忘れてはいなかったが、日々の忙しさもあり、記憶
それこそ、常に自分の心の支えになるくらい。

薫人にとっては、あの時のランバートとの出会いはとても大切で、心に残る出来事だった。

「覚えていて、下さったんですね？」

勿論、覚えている。ランバートと初めて出会った、あの時だ。

「あ……！」

「あの時、約束しただろう？　もう一度、会って話をしようと」

薫人が、僅かに眉を顰《ひそ》める。

もう一度……？

選んだのは仕方なくじゃない。俺が、ユキにもう一度会いたかったからだ」

何を言われるかわからないと……うんざりするほど、色々言われた。だけど、ユキを相手に
「父上から、結婚を急《せ》かされていたのは本当だ。このまま独身で通すつもりなのか、世間に
気持ちが高揚しているからだろうか、すでに眠気は全くと言っていいほどなくなっていた。

「は、はい」

「いや、完全な誤解でもないんだが……少し、俺の話を聞いてくれるか？」

薫人の言葉を遮り、ランバートがきっぱりという。

「誤解だ」

の片隅に追いやってしまっていた。ユキのことを俺がはっきり思い出したのは三年前……ワルテリア要塞での戦いの時だ」

「あの、奇跡の勝利で勝敗を決したという」

四年前に勃発したプロレシアと隣国との戦争は、長い歴史の中の係争地であったライセンへ侵攻を受けたことから始まった。

戦いは二年に及び、一時期は隣国からプロレシア領のかなり深い部分まで占領された。けれど、最終防衛ラインであったワルテリア要塞での戦いに勝利したことにより、プロレシア軍は形成を一気に逆転し、そして最終的にプロレシアは勝利したのだ。

そしてワルテリア要塞の戦いの指揮官が、ランバートだったはずだ。

「薄氷を踏むような、ギリギリの勝利だった。しかも、要塞で合流をするはずが、敵の砲弾の数が思った以上に多く、たくさんいた部下ともはぐれてしまった。ボロボロの状況で、既に敵はすぐ近くまで侵攻してきていた。指揮官でありながらも、あの時は一瞬、自身の死さえ考えた。しかも天候が悪化し、大粒の雨に打たれた。もう駄目だと、そんな考えさえ浮かんだ。だがその時……お前のことを思い出した」

「僕のことを、ですか？」

「ああ。初めてユキと話した時に、少しだけお前の国の話を聞いただろう？　その時に、雨が長く続く時期があるが、その後はとても美しい季節がくるのだと、そう言っていた。そして、思ったんだ。もう一度お前に会いたい、お前に会うまでは、死ぬことは出来ないと」

一日続いた雨が幸いし、プロレシアを苦しめた敵国の砲弾の多くは使いものにならなくなった。

「雲の合間から光が差すのを見て、お前の笑顔を思い出した」

全ての大隊は無事に合流に成功し、ワルテリア要塞を守り抜いたプロレシア軍は、一気に攻勢をかけることが出来た。

「あの戦争の後、ますます周りが騒がしくなり、父上からはとにかく誰でもいいから結婚するように言われた。俺が発情出来ないことを知られるのを、恐れたんだろうな。その頃ちょうど、カツラギの瑞穂の国への帰国が決まり、お前のことを聞く機会があった。ミキが亡くなったことは知っていたが、苦労をしていると聞いた。それを聞いた時、いてもたってもいられず、俺は父上にお前との結婚を申し出た。その時には、お前を大変な状況から助けたいとか、そういう気持ちからだと思っていた。だが、お前に再会してそうじゃないことがわかった」

ランバートが、その大きな掌《てのひら》で薫人のやわらかな頬をふわりと包み込む。

「お前がそばにいると、俺の心はひどく安らぐ。友人の医官に、特定の相手のみに強く発情する理由を聞いたら、笑われてしまった。それは、それだけ俺がその相手のことを強く愛し、欲しているからに決まってるじゃないかと」

言いながら、ゆっくりとランバートが薫人の顔へと自分のそれを近づける。

「初めて会った日、ユキから優しい、とても良いにおいがした。ほんの短い間だったし、その時には気のせいだと思ったが、そうじゃなかった。花よりも香《かぐわ》しく、砂糖菓子よりも甘い、お前からは、とても良いにおいがする」

ランバートの低い声に、優しくささやかれ、薫人の頬に朱が散る。

「愛してる、俺の、ただ一人のつがい」

ランバートの口からはっきりと伝えられた愛の言葉に、薫人の胸が大きく高鳴った。

「僕も……ずっと、お慕い申し上げておりました」

条約改正のこともあるため、これまではどうしても自分の気持ちを伝えることが出来なかった。

恋い慕う気持ちは真実であるからこそ、それを利用したくなかったからだ。

ようやく伝えられたことで、薫人の瞳に涙が溢れ、目の前にあるランバートの端正な顔がぼんやりと霞《かす》む。

ランバートは小さく笑い、薫人の瞼に触れるだけのキスを落とした。

柔らかく、厚みのある舌が薫人の口腔内を蹂躙《じゅうりん》していく。

ランバートのキスはとても気持ちがよく、舌を絡み合わせるだけで薫人の身体は熱くなる。

纏《まと》っていた浴衣《ゆかた》はすでに衣服の役割をしておらず、頼りない微かな光に薫人の身体は照らされている。

あの後強く抱きしめられ、そこから行為が始まってしまったこともあり、今日は薫人は寝台には横たわらず、ランバートの膝の上へと座らされている。

口づけられながら、ランバートは浴衣の中へとその手をしのびこませ、身体に触れていく。

胸の尖りを嬲《なぶ》られ、細く華奢な腰を撫でられると、びくりと身体が震えた。

「ふっ……あっ………」

唇が離されれば、自然と口から声が零れる。

大きく足を広げさせられた足の付け根へと、ランバートの手が伸びてくる。

「ひゃっ……！　はっ………！」

「すごいな、最初から濡れている」

香油をつけてくれているとはいえ、確かにいつも以上に隘路《あいろ》が柔らかくなっていた。

強い発情をすると、受け入れる側の秘孔からは分泌液が出ると聞いたことがあるが、まさか自分がそうなるとは思いもしなかった。

くちゅりという音を聞きながら、自然と腰が動いてしまう。

「はっあっ……！　あっ……」

指が増やされ、狭い場所をばらばらとランバートの指が動いていく。後孔が潤み、先端からは蜜《みつ》が溢れている。

精を吐き出したくて、無意識に手を伸ばせば、ランバートの手がそれを阻む。

「お前のここは、可愛いな」

そして、その大きな掌に包まれてしまう。

「はっ…………！」

ゆっくりと前後に動かされただけで、びくびくと熱が溜まっていくのがわかる。

さらに、胎の内にある指が止まることもない。

「ひっ……！　あっ…………」

ランバートの指は長いとはいえ、それでも最奥《さいおう》へは届かない。

「ラン、バート様……」

その厚い胸元に縋《すが》りつきながら、息も絶え絶えに薫人が口を開く。

「どうか、中へ……挿れて下さい……」

意識がもうろうとし、気持ちよさに頭がぼんやりとしてしまっているからだろう。

思わず口から出た言葉に薫人自身が驚き、慌てて謝罪する。

「す、すみません。僕、はしたないことを……」

羞恥心から、慌てて薫人はランバートから視線を逸らす。

けれど、ランバートはそんな薫人の細い顎をつかむと、そのまま強引に口づける。

「ん……！」

口づけられている間も、指の動きが止まることはない。そしてゆっくりとそれが抜かれれば、ランバートの逞しい腕に軽々と足を持ち上げられる。

「あっ……………ひぁ……！」

既に昂っていたランバートの屹立《きつりつ》に、薫人の下半身がゆっくりと埋《うず》められていく。

「はっ……………！　あぁ…………！」

十分に解《ほぐ》していたとはいえ、太く長いものに貫かれ、身体に電流が走ったかのような気分になる。

自分の体重がかかっていることもあり、いつもより深い部分にランバートを感じる。圧迫感はあるが、とても気持ちが良い。

「自分で動いてみるか？」

ランバートに囁《ささや》かれ、小さく首を振る。そんな余裕など、とてもなかった。

「じゃあ、俺が動こう」

興奮が混じった声でランバートがそういえば、ランバートが腰を動かし、薫人の中へと挿入を始める。

「ひっ……！　あっ……！」

腰を摑まれ、下から突かれ、そのたびにびくりと身体が震える。

身体の中から湧き上がる欲望が抑えられない。もっと中を、奥を突いてほしいと自然と薫人の腰が揺れる。

「あっ……！　んっ……」

甘い嬌声《きょうせい》が、薫人の口から漏れる。

恥ずかしい行為であるはずなのに、ランバートに身をゆだね、薫人はこれ以上ないほどの幸福を感じていた。

「中は柔らかいのに、俺のものを締め付けてくるんだ。正直、たまらない……」

「あっ」

拡がった部分の襞《ひだ》を撫でられ、身体がはねる。

敏感な、薫人が一番気持ちよいという場所は既にランバートに知られてしまっている。

そこを何度も責められ、もはや何も考えられなくなっていた。

肌と肌の当たる音が聞こえ、繋がっている部分がとても気持ちが良い。

「ふっ……あっ……」

もっと、もっとという薫人の思いをくみ取るようにランバートが突き上げていく。

「……ユキ！」

ランバートが薫人の名を呼び、その身体を力強く抱きしめる。

その瞬間、薫人の中にランバートの熱い精が流れ込んでくるのを感じる。

そして、薫人自身が解放した白濁が自身の腹にかかっているのを、ぼんやりと見つめる。

「おやすみ、ユキ」

急激にやってきた眠気に瞼を震わせていると、ランバートが耳元で優しく呟いた。

こんなにも幸せで良いのだろうか。薫人の頬は自然と緩み、ランバートは微笑んでそれを見守っていた。

＊＊＊

目の前に横たわる小さな存在を、薫人は緊張しながら見つめていた。

まだ瞳も完全に開いていない、生まれたばかりの獣人の赤ん坊はとても小さい。

「ユキさん、抱っこしてあげて」

さらりと赤ん坊を抱き上げたヴィクトリアが、薫人の方を見る。

「え？」

「大丈夫、こうやって、首を支えながら抱けばいいから」

そう言うとヴィクトリアは薫人の両腕を曲げさせ、丁寧に薫人の腕の中に赤ん坊を預ける。

泣かれてしまうかと緊張したが、赤ん坊は薫人の顔をじっと見つめ、そして嬉しそうに微笑んだ。

か、可愛い……！

嬉しくて微笑み返せば、ますます赤ん坊は嬉しそうに薫人を見つめる。

「あら、母親の私が抱っこするより、よっぽど嬉しそうね」

「そんなことは……」

二か月前に生まれたヴィクトリアの子供は元気な男の子で、ユリアンと名付けられた。

四人目の子供ということもあり、さすがのヴィクトリアも体力的に参ってしまったのだろう。

赤ん坊の顔を見に来てほしいと、ランバートと薫人が招待されたのは生まれて二か月が経った頃だった。

ユリアンを抱いたままソファへと座れば、その隣からヴィクトリアが顔を覗き込んでくる。

「ユキさんは本当に子供に好かれるわね。この子、まだ生まれて二か月なのに気が難しくて、抱っこされてもなかなか大人しくしてないのよ？」

「そうなんですか？」

ヴィクトリアの言葉を疑うわけではないが、腕の中のユリアンはとても機嫌が良い。

「ええ。それに他の子供たちも、これまではランバートお義兄様と会うのを楽しみにしていたのに、最近はユキさんのことばっかり」

「あはは、友達みたいに思ってくれているのかもしれません」

ちなみに三人は今学校に行っているため、家の中にはランバートとユキ、そしてヴィクトリアとクローヴィスしかいない。三人はランバートとユキが遊びに来ると知り、朝からとても喜んでくれたという。

「ユキさんが一緒に子育てをしてくれたら、心強いんだけどなあ」

「……え？」

「ねえ、ランバートお義兄様、どうかしら。お義兄様のお屋敷を増築して、私たちも一緒に住むっていうのは。にぎやかだし、とても楽しいと思わない？　子供たちも、絶対に喜ぶし」

冗談とも本気ともつかない言葉で提案するヴィクトリアに、薫人は苦笑いを浮かべる。

そうなってくれたら嬉しいとは思うが、クローヴィスは嫌がるのではないだろうか。

けれど、ちらりと視線をうつしたクローヴィスは様子を窺うようにランバートの顔を見る。

「兄上はどう思う？」

「反対だ」

きっぱりと、一瞬の躊躇《ちゅうちょ》も見せずに言い切ったランバートに、さすがの薫人も驚く。

「その赤ん坊は男なんだろう？　ユキが他の男にかかりっきりになるだなんて許せるわけがない」

いつも通りの端正な顔でそう言ったランバートに、クローヴィスもヴィクトリアも顔をひきつらせた。

「こ、心が狭すぎるだろう兄上。相手は赤ん坊だぞ」

「赤ん坊でも男には違いないだろう。そもそも、俺たちはまだ新婚なんだ。邪魔をしないでくれ」

あんぐりとクローヴィスは口を開け、ヴィクトリアはこらえきれないとばかりに肩を震わせて笑う。

「頼むから兄上、その姿を俺たち以外には見せないでくれよ……。プロレシアの英雄が伴侶馬鹿だなんて知れば、国民は心底がっかりするぞ」

クローヴィスがため息をついてそう言えば、ランバートが鼻で笑った。

「だいたい、以前兄上は子供を見て可愛いって言ってたじゃないか。てっきり喜ぶと思ったのに……」

「可愛い……？」

腕組みしたランバートが、眉間に皺を寄せる。

「ああ、あれは子供と遊ぶユキが可愛いと言っただけで、子供に言ったわけじゃない」

さらりとそう言ったランバートに、今度こそクローヴィスの頬がぴくぴくと震えた。

そ、そうだったんだ……。

二人の会話を聞いていた薫人も、てっきりランバートは子供のことを可愛いと言っていたのだと思っていた。

「愛されてるわね、ユキさん」

こっそりと、ヴィクトリアに微笑まれ薫人の頬に熱が溜まる。

もうそろそろベビーベッドに戻した方がいいんじゃないかと痺《しび》れをきらしたランバートが言ってくるまで、薫人は幸せな気持ちのまま目の前の小さな命を抱き続けた。

終

初めまして、またはこんにちは。はなのみやこです。

ルチル文庫さんから初めて文庫本を出して頂きました。

ずっと書かせて頂きたかった、大好きなレーベルさんなのでとても嬉しいです。

獣人×つがい×ファンタジー世界、と私が大好きな要素をふんだんに入れさせて頂いています。

私が書く攻めは受けの事を溺愛していることが多いのですが、タイトルに「溺愛」がついたのは初めてです。

冷静で理知的で、そして不愛想なランバートが、薫人のことをとにかく溺愛している姿を書くのはとても楽しかったです。

私が書く受は健気と称して頂くことが多いのですが、今回の薫人も例に漏れず健気だと思います（意識せずとも、いつのまにか健気になってしまいます）。

真っすぐでひたむきで、頑張り屋ですが、色々と不遇な目にあってきた薫人と、その高い能力と立場から周囲から尊敬され、だけど孤独だったランバート。二人がつがいとなり、幸せになる姿を楽しんで頂けましたら幸いです。

ここから、謝辞を伝えさせてください。

元々BL小説を読むのが大好きな私ですが、高星先生は学生時代から大好きなイラストレーターさんです。

本を出して頂く際、イラストレーターさんは担当さんにお任せすることがほとんどなのですが、今回希望を聞いて頂けたこともあり、ダメ元で高星先生の名前を出させて頂きました。

結果……描いて頂けたんです！

美しい表紙と挿絵を見た瞬間、幸せすぎてどうしようかと思いました。

高星先生、かっこよくてノーブルなランバートと、可愛らしい薫人を描いて頂きありがとうございました。

いつも寄り添って下さる担当様。優しく、適切なアドバイスをありがとうございます。

今回モフモフの素晴らしさを、改めて教えて頂きました。

そして、この本をお手に取って下さった皆様。

毎回「私の本を読んで下さる方がいるんだろうか」と発売前はビクビクしてしまうのですが、お手に取って下さりありがとうございます。

小説を書くのが大好きな私が小説を書き、本にして頂けるのは読んで下さる皆様のお陰です。

繰り返しになってしまいますが、本当にありがとうございます。

また、どこかでお会い出来ましたら幸いです。

令和五年　春　はなのみやこ

✦初出　お飾りの花嫁は狼将軍に溺愛される……………書き下ろし

はなのみやこ先生、高星麻子先生へのお便り、本作品に関するご意見、ご感想などは
〒151-0051 東京都渋谷区千駄ヶ谷 4-9-7
幻冬舎コミックス　ルチル文庫「お飾りの花嫁は狼将軍に溺愛される」係まで。

幻冬舎ルチル文庫

お飾りの花嫁は狼将軍に溺愛される

2024年3月20日　　第1刷発行

✦著者	はなのみやこ
✦発行人	石原正康
✦発行元	株式会社 幻冬舎コミックス 〒151-0051 東京都渋谷区千駄ヶ谷 4-9-7 電話 03(5411)6431［編集］
✦発売元	株式会社 幻冬舎 〒151-0051 東京都渋谷区千駄ヶ谷 4-9-7 電話 03(5411)6222［営業］ 振替 00120-8-767643
✦印刷・製本所	中央精版印刷株式会社

✦検印廃止

ISBN978-4-344-84866-5　C0193　Printed in Japan